CURITIBA INIMAGINÁVEL

CURITIBA
2025

Curitiba Inimaginável

PROJETO EXECUTIVO: ANA CARDOSO
PROJETO GRÁFICO: PATRICIA PAPP
REVISÃO: CLARISSA GROWOSKI:
IMPRESSÃO: ARTE & LETRA
FOTOGRAFIAS: MILLA JUNG, NUNO PAPP, NILO BIAZZETTO NETO E GUILHERME PUPO (CAPA)
COORDENAÇÃO DE FOTOS: NUNO PAPP

C 266

Cardoso, Ana

　　Curitiba inimaginável / organizado por Ana Cardoso. – Curitiba : Arte & Letra, 2024.

　　214 p.

　　ISBN 978-65-87603-79-7

　　1. Contos brasileiros　　I. Título

　　　　　　　　　　　　　　　　　　　CDD　869.93

Índice para catálogo sistemático:

1. Contos: Literatura brasileira　　869.93

13 Chuvisco
Pedro Jucá

19 Eu só queria te contar
Fernanda Ávila

25 Apenas mais um curitibano
Pedro Guerra

35 A máscara dos sentimentos encobertos
Luiz Andrioli

45 Chove em Curitiba
Bruno Cobalchini Mattos

55 Vão dizer que são tolices
Wal Dal Molin

63 Em Busca de Curitiba Perdida
Dalton Trevisan

69 Remanescentes
Ana Cardoso

77 Olhar de Capitolina
Dani Carazzai

85 Como um bicho geográfico
Ana Johann

95 A festa
Luiz Felipe Leprevost

105 Espetáculo
Manita Menezes

Índice

111 Fugitiva
Natasha Tinet

119 Depois dela, invariavelmente vem o sol
Flor Reis

127 Arame galvanizado
Rai Gradowski

135 Rua 24 Horas
Vicente Frare

143 Todo ontem faz um amanhã
João Klimeck

151 Aula de reforço
Cristovão Tezza

163 As sereias da Praça Osório
Julia Raiz

171 Santa Felicidade
Giovana Madalosso

177 Natal Luz
Marcos Piangers

187 Tourada
Thiago Tizzot

201 Seis e treze da manhã
Laís Graf

CU
INIMAG

RITIBA
NÁVEL

Chuvisco

Pedro Jucá

O problema era o filho dele.

Ele mesmo era gentil, atencioso, carinhoso, trabalhador, alto, forte e, requisito indispensável, calvo, completamente calvo. O homem dos sonhos. Conheceram-se na rodoviária, ela, retornando de um feriadão no litoral, ele, se mudando de Fortaleza para Curitiba. Ele tropeçou e derrubou as muitas malas no chão. Ela lhe ofereceu ajuda. Ele ficou sem jeito e, querendo fazer piada, disse que, no geral, era ele quem costumava ser o cavalheiro. Ela se adiantou e lhe deu a mão. Ele aceitou.

Apaixonaram-se sem que ela soubesse que ele tinha um filho de sete anos.

Brigaram feio. A mãe havia mandado avisar que não tinha mais condição de criar o menino, que, agora, vinha também de mudança. Ele não podia fazer nada, era filho dele. Ela nunca quis ser mãe, nem mesmo gostava de crianças – e, depois, como ele havia omitido que era pai? Choraram, gritaram, se separaram. Ele não aguentou a distância e suplicou perdão de joelhos, a careca inteira à mostra, vulnerável, reluzindo ao sol. Ela aceitou.

Era a primeira vez que ela e o menino iam se ver. Ele havia marcado um passeio no Barigui, terreno neutro. Só não esperava aquele chuvisco, ela odiava chuvisco, isso talvez lhe estragasse o humor. Chegou com a criança pouco antes das nove, e ela já estava lá, sentada no banco em frente ao vendedor de água de coco.

— Oi, tia.

— Tia, não. Pode me chamar pelo meu nome.
Era só uma criança, mas, irritada com o chuvisco, ela não queria facilitar. Ele prendeu a respiração, mas o menino sequer havia percebido a grosseria. Caminharam juntos pelo parque, desviando de bicicletas, corredores e carrinhos de pipoca.

A cada comentário da criança, ela bufava. O menino saltava de um lado para o outro, tinha a voz estridente, não parava de fazer perguntas que ela era obrigada a responder e, a cada instante, encantava-se com um cãozinho diferente. Os donos não se importavam, estimulavam os carinhos, faziam festa. Era fofo, mas, como ela não podia se entregar tão fácil, só revirava os olhos. Se ao menos tivessem trazido um guarda-chuva...

— Pai! Pai! Que bicho é aquele?

Antes que ou ele ou ela pudessem reagir, o menino correu até o animal, que, alarmado, mergulhou de volta na lagoa.

— Pai! Pai! É um cachorrão d'água!!

Ela olhou primeiro para o menino, que arregalara os olhos e deixara o queixo cair, depois para a capivara atônita, depois para o menino de novo, que, diante daquela descoberta zoológica sem precedentes, agitava os braços de pura e incontida alegria.

Então, tomada de afeição, ela caiu na gargalhada. Não ia ter jeito. Foi até o menino e, com um carinho em sua nuca, convidou-o para perto:

— Vamos, vamos para casa que está começando a chover de verdade.

Foto: Nilo Biazzetto Neto

Eu só queria te contar

Fernanda Ávila

Aterrissei no Afonso Pena igual a um aviãozinho de papel mal dobrado, daqueles que a gente joga pra cima e despencam no chão. Não vi nada da janela, nenhuma ranhura da cidade que haveria de se tornar meu lar. Atravessei as nuvens e despenquei no solo. O som seco do trem de pouso em contato com a pista, um suspiro coletivo e algumas palmas anunciaram nossa sorte: chegamos vivos. O taxista avisou que era assim mesmo o clima por ali, que eu nunca deveria sair de casa sem casaco e guarda-chuva. Disse que aquela avenida se chamava das Torres porque tinha muitas torres de alta tensão ao longo do percurso. E que Curitiba mesmo só ficava depois do portal, uma estrutura feita de concreto armado em forma circular, apoiada em quatro pontos, sobre a qual há uma estrutura de aço em forma de cúpula. Uma coisa feia que separa a capital paranaense de São José dos Pinhais, a cidade do aeroporto e onde nasceu o primeiro bebê de proveta do Brasil – de acordo com o motorista. Ele me avisou que os curitibanos não são muito de conversa, e foi narrando o caminho enquanto trocava as estações do rádio. Deixou tocar um pouquinho de Stars, que a locutora de voz muito grave anunciou como a mais pedida da semana. Quem pede Simply Red? A música dizia qualquer coisa como você nunca vai saber o quanto me machucou. E eu pensei nos hematomas que nos arroxearam. Não, não adianta colocar gelo, não vão sumir.

"Do seu lado esquerdo fica a Vila Pinto. O nome oficial é Vila das Torres, mas não pegou. Esse é o Círculo Militar, ali fica o Passeio Público, desse lado aqui, à direita, o Colégio Estadual. Mais pra frente tem a Praça do Homem Nu, que tem também uma mulher nua, os dois feitos de pedra. Esse prédio é o Mueller, um dos primeiros shoppings da cidade. Já foi uma fábrica." O homem falava sem parar e eu só pensava em você. Pensava em como o seu corpo quente reagiria àquela temperatura fria, em como suas sandálias de tira ficariam estragadas naquelas calçadas molhadas e esburacadas. Como você ficaria linda e mal-humorada cheia de casacos pesados, resmungando a saudades do mar, praguejando meus ancestrais que decidiram fazer pouso aqui e me deixaram de herança um apartamento velho e um primo distante que aceitou me empregar. Curitiba foi o que me restou. Desembarquei aqui como fruta que despenca da árvore e se estatela no solo, rachada e suculenta. Qualquer pessoa que me juntasse do chão naquele dia me comeria um pouco passada, mas ainda saborosa. E foi assim, colorida e perfumada, que eu entrei naquele bar, naquela noite, com vontade de ser engolida inteira e com caroço, no meu primeiro dia de trabalho como garçonete numa casa de jazz. Fui recebida pelo primo, ganhei um avental cáqui, ouvi algumas orientações. A casa ficaria cheia, era dia de jam session. Não tinha segredo, era só anotar os pedidos, deixar a comanda na boqueta, pegar os pratos e levar às mesas. Sorrir, avisar que era nova, me desculpar caso fosse necessário, recolher as louças sujas e não errar na conta. Não cheirar cocaína no banheiro, não falar alto pra não atrapalhar a música e não deixar cair a bandeja. Eram instruções simples, eu era capaz de cumprir todas.

O primo foi simpático, os clientes também, os colegas mais. Aquilo não era a Curitiba do taxista. E tive a certeza disso quando vi Sivuca entrar pela porta verde-musgo, passar debaixo do luminoso feito de neon, e se sentar bem em frente ao palco, numa mesinha que estava reservada pra ele desde o começo da noite. Aquela cabeleira branca que se juntava com a barba comprida, a cara vermelha, os óculos fundo de garrafa, a camisa colorida. Sivuca veio acompanhado de uma menina bonita, tinha aura de entidade em terreiro de umbanda, um iluminado entre os mortais, um papai-noel tropical. Fui incumbida de levar-lhe uma chaleira e um copo d'água. E vi, com esses olhos míopes que desfocam tudo, o homem entrar em transe assistindo aos músicos da casa incorporando os espíritos de Duke Ellington, Thelonious Monk, John Coltrane e Miles Davis. Tocando como se Curitiba fosse Nova York e aquele bar, o Blue Note. Vi Sivuca levantar da mesa e subir no palco, vi o homem bruxo misturar aquilo tudo com baião, frevo, maracatu e forró. Eu vi a mágica da música acontecer na cidade fria e chuvosa, de gente que não é muito de conversa. Vi Sivuca tocar escaleta, fazer um solo de chaleira, gargarejar num copo d'água. Eu nunca consegui te explicar o que vi naquela noite. Nunca consegui te explicar por que não voltei pra você.

Vi o bar fechar, os garçons recolherem os copos e as garrafas, levantarem as cadeiras, vi os músicos guardarem os instrumentos. Vi todos combinarem de comer costela no Gato Preto. Me vi virar fruta esmagada no chão sem você pra me colher do pé. Eu vi uma cidade afundada na neblina, os loucos e os bêbados, os meninos do interior, as meninas da rua, vi um rato sair do bueiro, vi o amor acabar no meio--fio, vi gente escrever poesia em guardanapo, vi uma paixão nascer no banheiro sujo e vi o dia amanhecer pela primeira vez na camada de baixo daquela cidade dissimulada.

E no caminho de casa, dedos dos pés congelados, fumaça saindo da boca, meu primo perguntou o que eu tinha achado do Hermeto Pascoal. Eu só queria te contar isso, mas não tinha ficha de orelhão e você não iria atender uma ligação a cobrar. Não àquela hora.

21

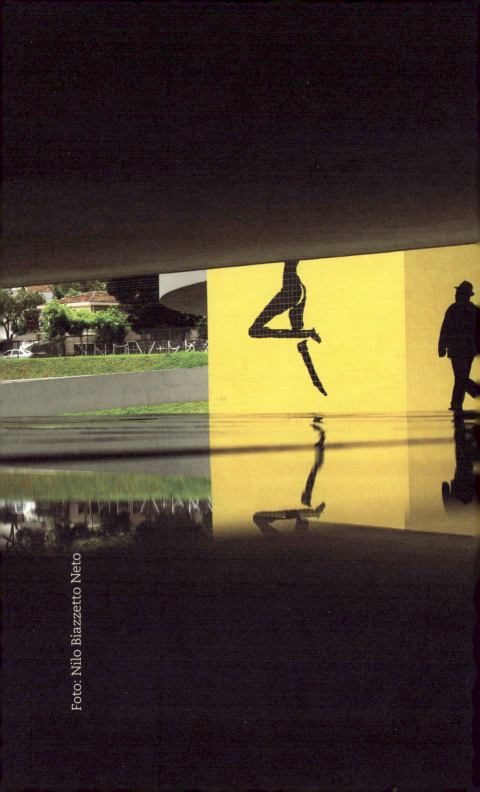

Foto: Nilo Biazzetto Neto

24

Apenas mais um curitibano

Pedro Guerra

O vento despenteou meu cabelo com seu bafo de dragão. É inverno, mas a tirar pela temperatura, daria pra dizer que é dezembro ou janeiro. Houve um ano em que caiu neve aqui em Curitiba, mas isso já faz muito tempo. Eu ainda era um menino. É, as coisas mudam. Mas não a Praça Espanha, que continua com aquele jeito de praça cenográfica de novela das seis. Tudo muito limpinho e organizado, tem até um totem com câmera da polícia. Olhei para o lado, pensando em encontrar a Aracy Balabanian, mas ela não está lá – aliás nem está mais entre nós, lembro, morreu ano passado. Perto da fonte, três pessoas vestindo roupas de tecido sintético estão conversando depois de alguma sessão puxada de exercícios: o cabelo e a camiseta encharcados de suor. Sento no banco de madeira e espero os ossos se acomodarem.

É quando observo lá no outro lado da rua, vindo pela Carlos de Carvalho, ali na altura do Degusto Café, um senhor vindo em minha direção. Eu chamo de senhor, mas deve ter uns trinta e pouquinhos, o que, de fato, pede outro tipo de tratamento. É um rapaz. Ou um homem. Melhor chamar de rapaz. E o rapaz me chama a atenção. Não há nada muito impressionante nele, trata-se de um curitibano comum, como a enorme maioria dos curitibanos. É o brilho do sapato que capta o meu olhar. É um sapato preto, brilhantemente preto. Preto, brilhante e de bico quadrado. Não é qualquer sapato, não, senhor. É sapato de designer ou de arquiteto, imagino. Esses sapatos nunca pisaram no Capão da Imbuia, eu poderia apostar. Seu dono tem grande probabilidade de ser modernista, o bico quadrado não nega. Um arquiteto herdeiro do modernismo. Poderia ter desenhado o Acarpa ou o Museu do Olho.

Mas no exato momento em que articulo esses pensamentos, outro detalhe se destaca. A pele. A pele é de um bronze quase ancestral, como se ele tivesse nascido e tivesse passado cada um dos seus dias sob o sol. É um bronzeado sólido, opaco, uniforme, coisa de quem é surfista ou trabalha ao ar livre. Só vi esse tipo de bronzeado no Julio Iglesias, que nem é surfista e muito menos arquiteto – mas o caso do Iglesias é diferente, seu bronze era, e é, provavelmente artificial. Cantores nunca envergariam uma cor dessas, tirando o Charles Aznavour em determinada fase da carreira, o que configura a famosa exceção à regra. Já o personagem que vinha pela avenida no Batel ostentava um bronzeado legítimo, o que me faz pensar que poderia ser surfista em vez de arquiteto. Sim, existe uma diferença entre arquiteto que pega onda e um surfista que desenha prédios. E com esse bronzeado não há alternativa: estou diante de um surfista que desenha prédios no seu tempo ocioso. Curitiba, como todos sabem, não tem mar. Então imagino que a figura costume descer pra Ilha do Mel pegar onda no Canto da Vó, que me disseram ser um point, que é como eles chamam o lugar onde se surfa, um point de ondas tubulares. Ou ele poderia também ir pra Praia de Fora. É uma possibilidade. Mas que ele é surfista, me parece patente.

De repente, noto o seu paletó. É de tweed e tem aquelas cotoveleiras. E isso me deixa atônito. Como pude não me atentar para esse detalhe? Um enorme detalhe, por mais paradoxal que isso pareça. Um detalhe do tamanho de um outdoor... O paletó me faz mudar subitamente a linha de raciocínio, já que nunca vi nenhum surfista vestindo tweed. Um blazer, vá lá, em alguma ocasião especialíssima. Mas um paletó de tweed, ainda mais com cotoveleiras... Relacionando esse precioso detalhe com os livros que ele carrega na mão esquerda, eu diria que na verdade se trata de um professor universitário. Sim, certeza, daqueles que ensinam na Federal, naquele prédio enorme na Santos Andrade. Olhando mais atentamente, vejo que são livros antigos, bem antigos, livros de sebo, de segunda mão, livros que se compra com notas amassadas. E a ideia de que se trata de um professor cresce em mim. Até que me assoma a possibilidade de que ele seja um escritor. Sim, um escritor. Claro que se trata de um escritor. Agora tudo faz sentido! O paletó me enganou. Porque é algo que, sim, um professor universitário usaria. Mas os livros com suas capas desbeiçadas, as páginas amareladas, livros de sebo, condizem um pouco mais com a qualidade de escritor. É cristalina como as vidraças na Ópera de Arame a ideia de que professores não são bem remunerados nesse país de meu deus. Pois então: mais depauperado do que eles, só os escritores. E com esse paletó de tweed já meio sambado, os livros amarelados e desfolhados na mão, agora já não resta nenhuma nesga de dúvida: é um fodido escritor curitibano. Um fodidíssimo escritor comedor de pão com bolinho e barreado. Daqueles que ficam zanzando pela Arte e Letra, só olhando, sem comprar um livro de bolso sequer, um legítimo herdeiro da turma do Bife Sujo, na Saldanha Marinho, que deus a tenha. E com essa camiseta vermelha de que somente agora me dou conta, um comunista também. Pois bem, estamos diante de um escritor curitibano comunista. E fim de papo. Por mais que se fale do conservadorismo do povo de Curitiba, é fato também que há vermelhos na nossa sociedade. Não muitos, mas há. Toda família curitibana tem pelo menos um vermelhinho desses, um pobre coitado deslocado em seu próprio círculo, uma espécie de cunhado com aids – isso, claro, quando contrair o vírus da aids significava receber uma sentença de morte e uma condenação ao ostracismo. Comunistas, anarquistas, progressistas, petistas, vermelhistas de todos os matizes perambulam por essas ruas, esses bares, esses parques, sem nunca deixar o fogo da luta de classes se apagar embaixo das nossas panelas. Tanto isso é verdade que eis um típico comunista vindo em minha direção, com seus livros se desfolhando sob o braço, como um bom e pobre comunista. Talvez os livros sejam compilados de Gramsci, quem sabe? Aposto que são. Um escritor comunista leitor de Gramsci com seu paletó de tweed. Bem curitibano, uma graça. Opa, mas ali na lapela – do lado direito, obviamente – o que vejo? Exatamente: um par de fitas, uma amarela, outra verde, preso com um alfinete. Ora, ora, ora, mas é claro. Como fui tão estúpido assim? Como pude me deixar levar por uma simples camiseta vermelha? Ah, meu deus... Estou gargalhando em pensamento. É claro que se trata de um nacionalista de primeira hora, desses nacionalistas que resolveram sair das sombras nos últimos anos. Estava na minha cara, o tempo todo. Vermelho nada, o rapaz que se aproxima, já cruzando a rua, é um nacionalista de direita, um extremista. Curitiba tem suas hostes trópico-araucário-fascistas, ora, se tem. E esse rapaz é um dos mais devotados a essa ideologia, só não vê quem não quer!

E veja só como agora tudo se encaixa perfeitamente: ornando a cabeça como uma coroa, ele traz um chapéu. Isso mesmo, um chapéu. E escritor de chapéu, eu nunca vi – nem Guimarães Rosa, que costumava andar com o cabelo gomalinado e um terno sempre muito bem cortado. De modo que ele só pode ser filho de algum fazendeiro. E, visto que no interior essas coisas costumam passar de pai para filho e de filho para neto, o rapaz em questão certamente é um fazendeiro também. Juntando as fitinhas nas cores do nosso pavilhão com esse chapelão, juntei o lé com o cré: é um fazendeiro que tem suas terras em Guarapuava, mas mora em Curitiba. Ou o contrário, mora em Guarapuava, mas vem a Curitiba semanalmente para cuidar dos negócios da soja. Não deixa de ser um curitibano também, talvez seja até mais curitibano do que os curitibanos de nascença. E certamente, pelo jeito que arruma o chapéu, é fazendeiro da soja. Os fazendeiros de milho usam o chapéu de outro modo. É um diferença muito discreta, imperceptível para o leigo, mas quem conhece do assunto, como eu, sabe que esse homem, que agora está a poucos metros, trabalha com soja. Um fazendeiro curitibano nacionalista de direita! Já não há mais dúvidas de quem se trata.

O assunto estaria encerrado se eu não tivesse visto uma outra importante particularidade: as pulseiras com búzios e o colar de contas. Só então me caiu a ficha, como se fosse um meteoro despencando do espaço sideral sobre a minha cabeça. É claro, é óbvio, é nítido: com esses adereços jamais poderia ser um fazendeiro, ainda mais vestindo uma calça rosa pastel como essa. Pelo que conheço, da minha vasta experiência, nunca se viu uma calça como essas em Guarapuava. Isso é coisa de gente da comunicação, publicitários, ou até mesmo estilistas. Sim, Curitiba tem o seu lado, digamos, descolado. Essa gente ia no Dolores Nervosa anos atrás, é o tipo de gente que frequenta o Café do Teatro. Alguns viraram publicitários famosos, jornalistas conhecidos, talvez esse rapaz seja um deles, quem haverá de saber. Mas a tirar pelos adereços e pela calça, posso afirmar com 100% de certeza, sem titubear: é um publicitário. Um legítimo e muito bem-sucedido publicitário curitibano nascido no Juvevê, ou até mesmo aqui no Batel. Talvez até tenha ganho o famoso prêmio do festival de Cannes. Aliás, eu nunca andaria com uma calça dessas se não tivesse ganho um prêmio como o Leão de Ouro em Cannes ou qualquer outro. Um troféu desses dá salvo-conduto para muitas coisas, inclusive no campo da moda. Sim, amigos e amigas, é um publicitário curitibano, certamente.

Ao cruzar comigo, o rapaz acenou com a cabeça, deu o seu bom-dia, ao qual eu respondi prontamente. Olhei para o relógio, já estava na minha hora. Me levantei com certa dificuldade, a dor na lombar atacando. Esses bancos da Praça Espanha não foram feitos para pessoas muito altas como eu. Ajeitei o cabelo bagunçado pelo vento morno e ainda me virei pra dar uma última olhada no grande publicitário curitibano que havia passado há pouco. Notei que ele puxava uma mala com rodinhas. Uma mala enorme, de casco duro como o de uma tartaruga. Foi aí que me dei conta da verdade. Ah, como pude ser tão ingênuo! Ele é de fora, por isso a minha confusão, por isso o meu pensamento oscilante e vacilante, por isso os desvios na minha tortuosa dedução. Era evidente que se tratava de um forasteiro, um imigrante como tantos outros. Iria certamente morar aqui, ninguém traz uma mala dessas para passar uma temporada. Nem tantos livros assim. Como agora está claro, o jovem havia apenas chegado da Bahia ou do Ceará, como os adereços de conchas indicavam. Ou de São Paulo, porque só paulistano pra andar com um sapato de bico quadrado como o dele, isso sem falar na calça dessa cor. Ou do Mato Grosso. Ele tem cara de mato-grossense. Se bem que eu já vi um chapéu desses no Rio Grande do Sul.

Foto: Nilo Biazzetto Neto

A máscara dos sentimentos encobertos

Luiz Andrioli

— Vai querer o café?

— Uma xicrinha então.

— Fica estranho servir aqui fora.

A filha mais nova sorriu por baixo da máscara, desconfortável, mais uma vez.

— Suas irmãs vieram aqui semana passada. Almoçaram — disse a mãe, apontando com a boca contraída para a mesa da cozinha.

Ela havia visto o vídeo postado no grupo da família. Criara um para discutir com as duas irmãs como dividiriam as contas dos remédios depois do último derrame da mãe. Por ali se falaram quatro ou cinco vezes, trocaram comprovantes de depósito bancário e um ou outro encaminhamento de providência.

— Eu vi.

Sem a máscara, a mãe deixou mostrar um sorriso discreto ao saber que o vídeo chegara até a caçula. As duas mais velhas, filhas, genros, mais o pessoal da igreja entrando na casa e cantando parabéns. Abraços, beijos, uma sequência de fotos dentro de casa, bolo de padaria, cachorro-quente improvisado. A família vivendo uma normalidade em tempos de pandemia. E a edição, horrenda, com balõezinhos voando pela tela e uma trilha free baixada do youtube. O mau gosto era o menor dos problemas.

— Aqui a gente não acredita nessas coisas.

— Coisas?

— Covid, máscara...

Uma posição marcada pela mãe. Um cavalo que avançou por sobre o peão e marcou posição na terceira linha, meio do tabuleiro, logo de início. A filha sentiu subir pelo estômago o amargor que logo lhe marcou a boca. Os gritos naquela mesma casa quando decidiu pela faculdade de Filosofia e disse não para a carteira de trabalho assinada para bater ponto no negócio de tecidos da família. Eram essas vozes que estavam na mesa de café posta na cozinha. Ficar quieta frente ao negar da realidade que havia matado cem mil pessoas até aquele final de semana seria voltar à infância, quando a voz seca e firme da mãe delimitava os pontos finais. Discutir seria voltar ao tempo em que a identidade dissonante em relação às irmãs precisava ser posta. Agora, podia apenas mexer seu cavalo também e marcar a posição, somente.

— Não é questão de crença. Soube que o Jamal morreu de corona?

Citar o dono do açougue do Hauer, na esquina da Praça Santa Rita, não a faria mudar de sentimento. Setecentas mil pessoas sepultadas não a fariam mudar. As convicções da mãe eram sólidas tais como as paredes da casa que abrigou a família por décadas e onde ela continuava morando sozinha com seus mofos e recordações, no bairro que fora região industrial da cidade no passado e hoje convivia com galpões sem uso e um comércio cada vez mais forte, até a pandemia.

— Só está morrendo quem já iria morrer de algum jeito.

Mais um avanço da velha no xadrez daquela visita de pós-aniversário embalada por amarguras. Ela, a mãe, ainda não entendia como a única filha que fizera faculdade e escapara dos cortes de tecidos e fitas métricas saíra tão diferente das demais. E aquela máscara postada na cara? E a insistência em ficar sentada na cadeira de praia postada no jardim? Como aceitar que a visita, depois de cinco meses de ausência, não entrasse na casa onde aprendeu a andar?

— Fui comprar pão outro dia e não me deixaram entrar. Dei as costas e falei que máscara é a putaquetepariu.

— Aceito o café. Com adoçante.

Aquele comportamento irredutível funcionou por décadas para sua mãe. Isso desde que a costureira se vira viúva com três filhas. Arrendara uma loja falida de tecidos. "Se vou ser o sustento da casa, não vai ser da máquina de costura que sairá o nosso pão." Levou o que sabia das costuras para o balcão e vendia com propriedade os cortes e retalhos na Marechal Floriano, ainda antes da canaleta exclusiva do expresso. Cobrava bem de quem fazia roupa para rico, o justo dos pequenos alfaiates, com bom desconto para as costureiras pobres como ela fora um dia. Aos poucos chamou a atenção das profissionais do Boqueirão, ainda começando a se tornar o polo de confecção que viria a ser em poucos anos.

Cresceu no comércio, potencializou suas opiniões fortes sobre tudo, mesmo que sem razão. Não baixava a voz para homem, jamais para as filhas. Fora ela, a mãe, quem ensinou xadrez para as meninas no balcão da loja. Era uma forma de entreter as pequenas enquanto o movimento de clientes era intenso. Avançava uma posição agressiva e as deixava pensando enquanto negociava meia dúzia de cortes. A filha mais nova, agora sentada em uma cadeira de praia colocada no jardim a contragosto pela velha, lembrava da última vez que jogou xadrez com a mãe: foi quando ganhara uma partida.

Tomou um gole de café. Sentia o pó marcando a garganta, aquele jeito antigo de passar no coador de pano. No tempo da bebida descer a garganta, mapeou os assuntos que poderiam ter em comum, que as levasse para um mínimo local de afeto.

— Tem tomado os remédios para a pressão?

— Quando lembro...

Jogada errada. Deixara de contribuir com o rateio dos remédios desde que dera a sugestão para a mãe vender a casa e aplicar o dinheiro, reforçando a aposentadoria com uma ou outra retirada mensal. Recobraria a independência financeira, viveria em um local menor e que desse menos trabalho. Levou a sugestão para as irmãs e depois para a velha. Foi rechaçada: "Suas irmãs têm marido, elas vão continuar me ajudando. Você, não precisa mais.". Fora um cavalo avançando mais uma vez, postado em uma posição que atacava duas posições — "não preciso mais do seu dinheiro para cuidar da minha saúde" e "suas irmãs têm marido". Ela, a filha mais nova, bolsista de Filosofia na Universidade Federal do Paraná, voluntária do cursinho cidadão, era tanta coisa, menos uma esposa.

Lembrava ainda do que ouvira ali, naquela mesma cozinha ao lado do jardim, quando fora surpreendida abraçando uma amiga e retribuindo um sutil beijo de lábios suaves. "Sapatão, gay, machona, pervertida, maria-homem, sua fancha", berrava a mãe. A cena, depois de tantos anos de terapia, virara piada entre as amigas para quem volta e meia contava a história. Mas ao voltar perto daquela cozinha, os gritos ainda ecoavam. E doíam.

— E as duas, como estão?

— Sempre aqui. Os maridos me ajudam, outro dia arrumaram uma calha ali de cima.

Saúde, família. Pouco sobrava para estreitar o pouco que justificasse a visita. Sim, eram cinco meses sem ver a velha. Os mesmos cinco meses que deixara de trepar com a Cris, de dar aulas presenciais no cursinho para filhos de domésticas, de frequentar o Gilda e beber suas margueritas com as manas, de fazer compras no Mercado Municipal. Era ela, seu laptop e séries, os livros e todo o afeto que cabia na banda larga, que aumentara a velocidade desde o começo do isolamento.

A velha nem celular tinha, não atendia ligações, não procurava ninguém. Aprendera a receber pessoas e consideração primeiro no balcão da loja que mantivera por 25 anos; depois, aposentada, na cozinha de casa. As irmãs sabiam disso, ela também. Em tempos normais, procurava cumprir o protocolo com visitas quinzenais. Desde que o vírus chegara, tomou o isolamento para si como uma questão política. "Se nem com a saúde sua mãe está preocupada, o que dirá de ideologias", disse a Cris, em uma troca de mensagens.

Pensara muito nisso no caminho de seu apartamento até a casa de infância. Deixara de planejar as aulas da semana seguinte para visitar a velha. Teria que sacrificar o domingo em nome daquela visita que não estava agradando nenhuma das duas.

— E o trabalho? — perguntou a mãe para a filha, a única das três que trabalhava.

— Peguei mais aulas e essa história do EAD está

muito puxada.

A mãe franziu a testa e fez que não ouviu. Indicou com um gesto ríspido de mão que era por conta da máscara da filha. Pegou, a jovem, então, o celular e mostrou a tela para mãe, deslizando o dedo pelas fotos.

— São minhas alunas, olha. Todas fazendo aula comigo pela internet.

Muitas vezes as alunas precisavam emprestar celular para acompanhar o curso. Ou tinham que ficar perto de algum comércio da comunidade que abria o wifi para que elas conectassem. Muitas negras – aliás, quase todas. Assim como a primeira companheira da filha, pela qual ela decidira sair de casa para dividir uma quitinete. Durou pouco, mas a caçula nunca mais voltou para o que a mãe ainda esperava para ela.

— Não enxergo nessa telinha aí — disse a velha.

Na pilha de roupas para passar ali na área de serviço junto ao jardim, a camisa verde e amarela. A mesma que usava nos dias de jogos da seleção, buscando ser a filha do Líbano mais brasileira daquela rua de comerciantes, a maioria descendentes de alemães, como todo o bairro. Não deixava de trabalhar nos tecidos das prateleiras das lojas, de organizar seu pequeno mundo, mas torcia e gritava feito homem durante as competições. Urrava a cada gol, fazendo ser ouvida pelos vizinhos de porta, ganhando no grito a sua cidadania brasileira. As outras duas irmãs faziam o mesmo em suas devidas proporções de adolescente. A caçula, uma criança naquele tempo e uma desgarrada por detrás da máscara uma década e meia depois, seguia sem ver sentido em uma camisa de homem em um corpo de mulher, de gritos em nome de uma pátria que não era a da mãe.

Tampouco havia sentido usar a indumentária verde e amarela com um símbolo da Nike para destruir uma democracia frágil em passeatas histéricas. Certamente a ca-

40

misa da seleção estava ali por ter sido lavada após aquela manifestação contra o fechamento do comércio. Ela, a mãe, já não precisava manter suas portas abertas, mas ainda queria afirmar a nacionalidade tupiniquim (seja lá o que isso significava) na base do grito.

Falaram pouco – mais do que o desejado pela velha e suportado pela caçula. A máscara, a de tecido, escondia os lábios contraídos de tensão e a tristeza por aquele aproximar de um fim de vida entre mãe e filha. Ela, a mãe, afastava-se cada vez mais da intimidade que tiveram e passava a ser uma estranha.

Agradeceu o café, a velha assentiu com a cabeça. Ajeitou a máscara que havia descido um pouco pelo nariz. Caminhou até o portão, a mãe apertou o botão do controle remoto ainda no meio do trajeto para deixar livre a saída. Na calçada, a filha sinalizou um cumprimentar com o cotovelo, a velha fez menção de abraçar, o que fez a jovem recuar. Não se abraçaram, tampouco se tocaram. Deveria esperar o Uber, mas os minutos de espera custariam muito.

— Vou caminhar até o tubo do vermelhão.

A mãe, mais uma vez, assentiu com a cabeça. A caçula deu as costas e seguiu pela rua onde cresceu, onde jogou bola com os meninos, onde ralou joelhos caindo de bicicleta, de onde ouvia a mãe chamando para o jantar. As lágrimas umedeciam a máscara dentro do coletivo em direção ao centro.

Foto: Nilo Biazzetto Neto

Chove em Curitiba

Bruno Cobalchini Mattos

Quando minha avó baixou no hospital, não foi em razão da doença. O prontuário apontava queimaduras de terceiro grau como motivo de internação.

Eu a encontrara desfalecida no chão de seu quarto algumas horas antes, o rosto irreconhecível. Segurava uma caixa de fósforos e uma garrafa de óleo. Senti cheiro de álcool, e vi que o líquido escorria de um quadro na parede. Pelas circunstâncias, uma tentativa de suicídio parecia o mais provável.

O plantonista apareceu na troca de turno e estudou sua ficha antes de verificar os sinais. Me olhou meio sério, meio triste. "Você deve se preparar para o fim, embora ninguém saiba direito como se preparar para o fim", disse. "Sua avó não vai sair deste quarto. Está muito fraca. Se ela acordar, o que me parece improvável, aproveite para falar com ela, pois devem ser os últimos momentos de lucidez." Ela ainda estava lúcida, né?

Depois já não veio mais ninguém. Ele encerrava uma brevíssima lista de visitantes, em que figuravam apenas o filho de uma vizinha já falecida e uma antiga cuidadora que apareceu acompanhada dos dois filhos pequenos e de uma alegria talvez inadequada. Minha avó já não conhecia os vivos.

Era tarde da noite quando eu a escutei se remexendo no leito. Contrariando as previsões do médico, ela recobrava a consciência. Olhou para mim e pediu ajuda para sentar. Puxei o cabo da sonda para o lado e aproximei minha cadeira para ouvi-la. "Você aqui, minha filha", ela disse. "Fiquei com medo que tivesse morrido no incêndio."

Busquei falar no tom mais despreocupado possível, um reflexo inútil e instintivo que todos parecemos demonstrar se confrontados com os doentes irremediáveis. Como se admitir a finitude deles fosse admitir também a nossa – o que de fato é.

"Não teve incêndio, vó", respondi. "A senhora se queimou quando acendia uma vela pra santa. A diarista deve ter esquecido a garrafa de álcool ali perto e houve uma pequena explosão. Mas foi só um susto, mal chamuscou o tapete e uma pontinha do lençol. De resto, a casa está ótima. A senhora pode ficar tranquila, precisa se concentrar na recuperação."

"E o quadro", perguntou.

Demorei alguns segundos para entender que se referia ao quadro encharcado de álcool.

"Um quadro de fundo verde", ela especificou para rebater meu silêncio. "Tem duas nuvens, uma vermelha e outra azul, um homem escuro na frente. Sabe qual é? Ainda está lá?"

"Sim, vó, ainda está lá. Esperando pela senhora. Não precisa se preocupar."

46

Ouvi um tilintar, a aliança dela batendo na estrutura metálica da cama. O corpo sentia a dor que os sedativos impediam de chegar ao cérebro, e reagia com tremores. Minha avó, porém, não parecia reparar nos movimentos involuntários da própria mão. Suspirou com gravidade quase teatral antes de retomar a palavra.

"Minha filha, não precisa me tratar como boba. Nós duas sabemos muito bem que nunca fui de santa ou de acender vela. Vamos ter uma conversa franca. Vou contar uma coisa, mas você precisa acreditar em mim, porque não tenho mais ninguém que possa me ajudar."

Nossa família, ela contou, não havia sido a primeira proprietária da casa onde morávamos. Não se sabia quem a mandara construir, mas quando o avô dela decidiu se mudar para Curitiba atrás de oportunidades de negócio, ela já estava ali. Foi um de seus sócios quem mencionou a casa branca de esquina recém-construída no Alto da Rua XV. Ficava próxima ao Centro, mas em um ponto silencioso, e o terreno elevado garantia o sol em todos os cômodos. Só havia um porém: ficava em frente ao Desinfectório Municipal. Em vez de medo, meu vô sentiu uma oportunidade: a superstição havia derrubado o preço. Meu tataravô visitou a casa e gostou do que viu. "Doença não atravessa a rua sozinha", sentenciou antes de adquiri-la. Foi uma boa compra, pois foi muito feliz ali. Até o desinfectório mudou de nome, virando Hospital Oswaldo Cruz.

A casa não tinha nada de estranho. Ao contrário do que se espera em histórias assim, as portas não se trancavam sozinhas, objetos não desapareciam para reaparecer em outros lugares e, fora o estrondo das pinhas caindo no telhado durante o outono, ali não se ouviam ruídos estranhos. A única peculiaridade era o quadro com o homem das nuvens. Por que alguém havia pendurado um quadro em uma casa em que não pretendia morar?

Ninguém saberia responder essa pergunta, que jamais chegou a ser feita. O quadro acabou espremido entre as prateleiras do quartinho que servia de armazém, juntando poeira entre pedaços de lenha, latas de óleo e sacas de arroz. Sobreviveu a invernos e verões, mortes e nascimentos na família, goteiras, reformas e infestações de cupim. Só quando esvaziaram o velho depósito para transformá-lo no quarto de minha avó, que então completava quinze anos, alguém voltou a reparar nele.

Minha avó detestou a pintura desde a primeira noite. A textura áspera, meio vítrea, lembrava mais os jarros vendidos pelos artesãos negros no Largo da Ordem que as pinturas do Museu Paranaense. A figura do homem de sombras era pobre, rudimentar, quase pagã. Porém, como convinha a uma jovem moça versada nas regras de etiqueta, não comentou nada com seus pais. Preferiu escondê-lo atrás de uma penteadeira que, se bem posicionada, tinha altura suficiente para encobrir a imagem sinistra, e a reorganização dos móveis garantiu à pintura mais cinco décadas de esquecimento.

No ano passado, quando voltou a dormir ali, ela nem reparou que a penteadeira havia ido para o lixo por causa dos cupins. Comoveu-se com o meu esforço para deixar o quarto o mais parecido possível com as fotos em preto e branco que encontrei nos álbuns de família – sugestão do médico, que ressaltara a importância dos ambientes conhecidos para retardar o avanço da doença.

Acolhida pelas boas lembranças, sentia-se mais à vontade ali que no antigo apartamento vazio, onde tudo evocava os mortos. Mas uma única coisa a incomodava. Mania de velha, se quiser chamar assim, mas um dos quadros estava torto, pendendo para a direita. Tentou arrumá-lo diversas vezes, mas não conseguia: parecia ter sido parafusado assim, na diagonal. Aguentou o quanto pode, mas um dia decidiu conversar comigo para ver se eu dava jeito naquele quadro inclinado para a… esquerda.

Esquerda? Mas se antes era para a direita? Ou era? Devo mencionar que minha avó sempre estava plenamente ciente de sua situação de saúde. Nem eu, nem os médicos jamais escondemos a verdade. Mas os sintomas comuns eram apagões, períodos de branco ou esquecimentos – confundir as coisas era novidade. Por isso, antes de levar o problema até mim, ela decidiu tirar a prova. Começou um brevíssimo diário:

Domingo, 13 de abril, esquerda.

Terça-feira, 15 de abril, esquerda.
(Alguns dias ela esquecia de anotar.)

Quinta-feira, 17 de abril, esquerda.

Tinha mesmo certeza de tê-lo visto inclinado para a esquerda?

Sexta-feira, 18 de abril, esquerda.

Sábado, 19 de abril, direita.

Agora sim, esquerda! Mas como era possível?

Constatar isso lhe tirou o sono. E continuava sem conseguir endireitar o quadro. Será que já não estava assim? Teria anotado certo? Teve uma ideia e se levantou da cama para procurar alguns jornais velhos. A primeira anotação fora feita no início de uma série de dias chuvosos. Conferiu a previsão do tempo de cada dia e viu que as datas batiam. De 13 a 18 de abril havia chovido e o quadro estava inclinado para a esquerda. Agora, pendia para a direita.

Uma ideia acendeu os neurônios cansados de minha avó. Ela decidiu testar uma hipótese.

Além de data e lado de inclinação, passou a anotar o clima. Bastou uma semana para constatar o óbvio: se o quadro pendia para a direita, ou seja, se a nuvem vermelha estava no alto, fazia sol em Curitiba. Se pendia para a esquerda, a nuvem azul se elevava e chovia na cidade.

Curiosamente, nada disso a amedrontou. Pelo contrário: entender esse mecanismo sinistro a deixou mais tranquila. Conseguiu passar meses assim, e aprendeu a gostar do que considerava seu serviço pessoal de previsão do tempo.

O verdadeiro problema só começou quando reparou que, dia após dia, o quadro passava por uma mudança lenta, mas irrefreável: a nuvem vermelha perdia a cor. A velha penteadeira protegera a obra durante muitos anos, mas agora, exposta à luz natural, a nuvem tocada pelo homem ia se esbranquiçando.

Claro, ela ainda poderia adivinhar o clima do dia conforme o lado para o qual a pintura se inclinava. A questão, no entanto, era mais grave que isso. Sem o pigmento vermelho, os dias que deviam ser de sol eram nublados, e às vezes até garoava. O clima de Curitiba estava em risco. O sol não aparecia havia mais de mês, e todos pareciam achar aquilo normal.

Desesperada, pensou que destruir o quadro poderia livrar a cidade da sina de oscilar entre dias chuvosos e nublados por toda a eternidade. Mas ela não conseguiu. Tentou com álcool 90°, gravetos secos, óleo de cozinha. O quadro não queimava. Quem sabe derrubando a casa?

Chego do hospital e ao entrar em casa sigo direto para o quarto de minha avó. Estudo por alguns instantes o quadrinho retangular. A composição simétrica bate com a descrição dela: duas nuvens, uma azul e outra esbranquiçada. A sombra escura de um homem pairando no primeiro plano. Examino para ver se houve algum dano, mas, afora a moldura chamuscada, o fogo não parece tê-la afetado.

Encaro a silhueta daquele homem. É vago, rudimentar, como o desenho de uma criança. Por que teria atiçado tanto a imaginação de minha avó? Será que mobilizava algum trauma familiar antigo, transmitido de geração em geração até chegar nela, e agora fadado a desaparecer em um leito de hospital?

Em seu delírio final, minha avó viu naquele homem um anti-Ícaro disposto a se aproximar do sol para extinguir sua luz. Quanto a mim... eu não via nada além de traços apressados, esquecíveis. Como é fascinante, penso, a vastidão da mente humana, e como é triste a sua decadência.

Antes de deixar o quarto ainda reparo que o quadro está torto. Tento endireitar, mas ele não cede.

Olho pela janela. Lá fora, o tempo não dá trégua.

Foto: Nilo Biazzetto Neto

54

Vão dizer que são tolices

Wal Dal Molin

Já deu. Vai para o seu quarto, menino. Vai pensar no que disse. Só me volte com um sorriso no rosto. Não fui. Quer dizer, fui, mas decidi pensar, pulando a janela, atravessando a Rápida e pegando o ligeirinho no tubo da Constantino. Segui pensando até a estação tubo do Passeio. Desci e segui a ciclovia, pensando. Entrei no Passeio. Quando a ponte pênsil abriu caminho entre a neblina e o lago, chacoalhei mais um tanto de pensamento por ali, até que finalmente aterrissei na Ilha da Ilusão. Não arranquei as folhas de eucalipto como a gente costumava fazer, nem cumprimentei o Ninja do Passeio. Só sentei nas escadas do Emiliano, a fonte que a gente chamava de barco. *Eu só queria ter morrido com o tio Jaime*, mãe. Falei alto. Falei muito alto. Quase 1,80m, diria o tio Jaime. Ele era esse tipo de gente. O rei das tolices, dizia a minha mãe. Falei tão alto que salvei uma garotinha prestes a abocanhar um cogumelo do Mário. Ela congelou no susto. E o pai nem aí, só no celular. Rei das tolices tem de todo tipo. A neblina não fez rachar o sol e a escada foi ficando gelada. Mas eu insisti. Aquela ilha era a cidade carnaval das nossas conversas. Ali vestíamos as palavras com penas, roupas coloridas e açúcar de melancia, a matéria prima que ele amava. Perfeita para *construir a vida e viajar na velocidade dos sonhos*. Ele era esse tipo de gente. Que faz colheita nos livros e então mistura com um pouco de álcool e água pra borrifar nos dias de baixo astral. A garotinha chorou e o pai pixel voltou a existir. O choro dá contorno na gente, ele costumava dizer. E a gente cura com algodão doce, eu costumava retrucar. Mãe, conta de novo como você conheceu o tio Jaime? Mas você não se cansa dessa história, não? Não. O Jaiminho tinha uma banquinha na Praça Osório. E eu trabalhava ali no Tijucas, de secretária. Tijucas? O Edifício Tijucas, menino. Sempre que dava eu saía do almoço e passava na banca pra comprar uma xicrinha de amendoim doce. Eu achava engraçado porque não interessava se calor ou frio, o Jaiminho usava sempre uma boina xadrez e nunca saía de trás do balcão. Um dia ele perguntou meu nome. Dircinha. Perguntei teu nome, não apelido. Dircinha, repeti irritada. Duvido. Deixa eu ver teu RG. Mas essa agora, tenho mais o que fazer. Catei meu doce e fui rumo ao escritório. Não dei três passos e o Jaiminho saiu do balcão todo estabanado. Meu Deus, que moço pequeno, pensei. Amanhã, se me provar que teu nome é Dircinha mesmo, vai ganhar amendoim de graça mês todo. Mas vai ter que provar. E você voltou, mãe? Você sabe que eu não voltei, já te contei mil vezes essa história. Agora mil e uma. Passei um tempão desviando a banquinha. Achei aquilo esquisito demais. Vem o tempo, episódio já desbotado, tô passando em frente a banquinha e vejo o Jaiminho, uma senhora na cadeira de rodas e a dificuldade daquele rapaz pra empurrar a cadeira na calçada. Petit pavé tem dessas. Ofereço ajuda. Então Jaiminho fala pra senhora: vó, essa moça aí diz que é tua xará. E emendou com a primeira de tantas tolices que fizeram trinca com a nossa amizade, o resto da vida. Duas Dircinhas e um anão, picardias na Rua XV. Bom nome pra conto, não é? Eu queria ter morrido com tio Jaime, mãe. Olha a doença da tolice te pegando, menino. A vó Dircinha morava numa casa que já foi demolida, bem pertinho do Passeio. O tio Jaime cresceu lá, na casa e no Passeio. Viu leão, viu pinguim e viu até urso. Uma vez contou que o urso fugiu e foi parar nos canos da casa da vó Dircinha. Ele rugia

56

na hora do banho, na hora da louça e volta e meia botava o focinho na goteira do lavabo. Foi preciso três encanadores para tirar o urso de lá. Tio Jaime me contou essa história quando a doença ainda não tinha levado a fome embora, num dos nossos sábados lá na Pastelaria Juvevê. Essa cidade comete muitos crimes. Mutila elefantes pra fazer pastel, mata onças pra fazer petisco. Agora preciso concordar com a mãe. Você diz umas besteiras, tio. Sou neto da vó Dircinha, menino. Já te contei que ela só queria existir no inverno? Dizia que o verão era pra fora e isso a tirava da companhia dos livros. Nos dias de muito frio, ela amava esfregar as mãos e jogar o jogo das invencionices. São lâmpadas mágicas, Jaiminho. Faz um pedido, faz? E juntando as palmas abertas mostrava as linhas de um caderno, sempre pronto a escrever histórias. Eu quero um dia de finados para as línguas mortas, vó. Sem aulas, banho ou trabalho. Um dia inteiro de latim, pra passear com os cachorros e outro inteiro de eslavônico, só pra tomar sopa. *Dulce est desipere in loco*, sempre respondia vó Dircinha. E a gente ria, menino, até esquecer do frio. Quando eu nasci, o tio Jaime já estava na vida da mãe. Ele foi o único amigo que viu minha mãe ter duas esposas, três namoradas, um câncer, muitas dívidas e sempre a mesma casa. Ela foi a única amiga que aprendeu a fazer borsh melhor que vó Dircinha, que aplicava Gal para todas as feridas e era titular do único porta-retratos da sala pink do tio Jaime. Na foto, meu batizado. No verso, o desenho da palavra família. A garotinha voltou sem choro, curada com um algodão doce azul. O pai abandonou de vez o celular. Ambos são hipnotizados pelo pessoal do tai chi, que acaba de começar. Também eu, as aves livres migratórias, as carpas, os carvalhos e as jataís. A garotinha tenta imitá-los com gestos de bailarina. O professor se aproxima – aquele que o tio Jaime apelidou de Ninja do Passeio – e diz: parece dança, mas é uma luta. A garotinha então soca o nada e encena a ideia infantil de um golpe kung fu. Ótimo, só precisa arredondar mais. Nunca se esqueça que o tai chi é uma cidade sem esquinas, disse o mestre Ninja, já no caminho de volta aos alunos. Tio Jaime, você escutou, tio Jaime? Foi exatamente o que você disse no hospital. A vida precisa de movimento. Não se prenda nas esquinas, menino. Aquela coincidência apertou meu corpo. Era como se a minha respiração vestisse agora XXG. Antes de transbordar, decidi me unir à dança-luta da garotinha. Minha mestra e sua batuta de algodão doce abrindo alas para o ar entrar. *Lutança finda*, nos agradecemos como os grandes lutadores--artistas-de-teatro, com mãos que cambalhotam seguidas de socos marciais. O tempo agora parecia querer chorar e uma debandada gradativa dos ocupantes da Ilha da Ilusão se implementou. Até os gansos entraram na fila da ponte pênsil. Eu fui o último. E mesmo com a ameaça de água, decidi voltar a pé. Subir a João Gualberto é uma decisão. São poucas as possibilidades de respiro, ao menos até minha casa. Nós sempre escolhíamos o Palacete dos Leões. O azul que mora ali paquera a gente. Arranca sorriso fácil. É o tal do amor à primeira fachada. Me diz onde mora a saudade, tio Jaime? É tanto lugar, menino. Diz aí uma restrição. Deixa eu ver, de A à F, me diz onde mora a saudade? Em cada Avenida, Bosque, Casa, Dobra, Escola e Feitiços dessa Cidade. Mãe, faz borsh hoje e me dá um pouquinho de Gal?

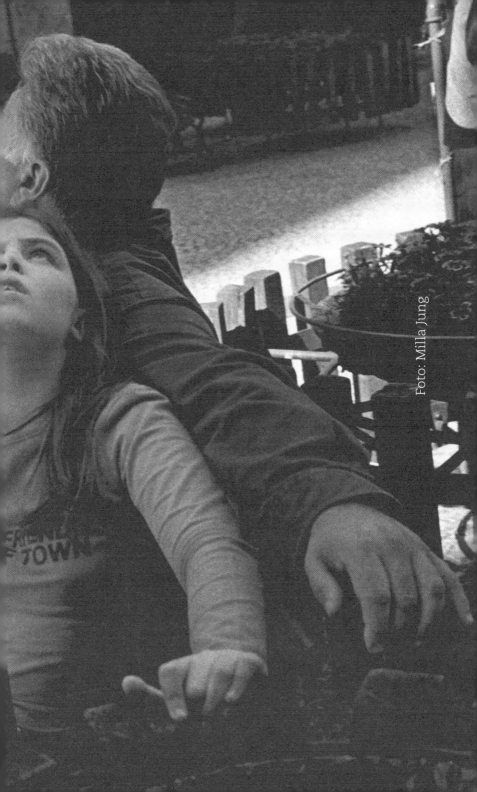

Foto: Milla Jung

Em Busca de Curitiba Perdida

Dalton Trevisan

Curitiba, que não tem pinheiros, esta Curitiba eu viajo. Curitiba, onde o céu azul não é azul, Curitiba que viajo. Não a Curitiba para inglês ver, Curitiba me viaja. Curitiba cedo chegam as carrocinhas com as polacas de lenço colorido na cabeça – ga-li-nha-óóó-vos – não é a protofonia do Guarani? Um aluno de avental branco discursa para a estátua do Tiradentes.

Viajo Curitiba dos conquistadores de coco e bengalinha na esquina da Escola Normal; do Gigi que é o maior pidão e nada não ganha (a mãe aflita suplica pelo jornal: Não dê dinheiro ao Gigi); com as filas de ônibus, às seis da tarde, ao crepúsculo você e eu somos dois rufiões de François Villon.

Curitiba, não a da Academia Paranaense de Letras, com seus trezentos milhões de imortais, mas a dos bailes no 14, que é a Sociedade Operária Internacional Beneficente O 14 De Janeiro; das meninas de subúrbio pálidas, pálidas que envelhecem de pé no balcão, mais gostariam de chupar bala Zequinha e bater palmas ao palhaço Chic-Chic; dos Chás de Engenharia, onde as donzelas aprendem de tudo, menos a tomar chá; das normalistas de gravatinha que nos verdes mares bravios são as naus Santa Maria, Pinta e Niña, viajo que me viaja.

Curitiba das ruas de barro com mil e uma janeleiras e seus gatinhos brancos com fita encarnada no pescoço; da zona da Estação em que à noite um povo ergue a pedra do túmulo, bebe amor no prostíbulo e se envenena com dor de cotovelo; a Curitiba dos cafetões – com seu rei Candinho – é da sociedade secreta dos Tulipas Negras, eu viajo.

Não a do Museu Paranaense com o esqueleto do Pithecanthropus Erectus, mas do Templo das Musas, com os versos dourados de Pitágoras, desde o Sócrates II até o Sócrates III, IV e V; do expresso de Xangai que apita na estação, último trenzinho da Revolução de 30, Curitiba que me viaja.

Dos bailes familiares de várzea, o mestre-sala interrompe a marchinha se você dança aconchegado; do pavilhão Carlos Gomes onde será HOJE! SÓ HOJE! apresentado o maior drama de todos os tempos – A Ré Misteriosa; dos varredores na madrugada com longas vassouras de pó bem os vira-latas da lua.

Curitiba em passinho floreado de tango que gira nos braços do grande Ney Traple e das pensões familiares de estudantes, ah! que se incendeie o resto de Curitiba porque uma pensão é maior que a República de Platão, eu viajo. Curitiba da briosa bandinha do Tiro Rio Branco que desfila aos domingos na Rua 15, de volta da Guerra do Paraguai, esta Curitiba ao som da valsinha Sobre os Ondas do Iapó, do maestro Mossurunga, eu viajo.

Não viajo todas as Curitibas, a de Emiliano, onde o pinheiro é uma taça de luz; de Alberto Oliveira do céu azulíssimo; a de Romário Martins em que o índio caraíba puro bate a matraca, barquilhas duas por um tostão; essa Curi-

tiba merdosa não é a que viajo. Eu sou da outra, do relógio
da Praça Osório que marca implacável seis horas em ponto;
dos sinos da Igreja dos Polacos, lá vem o crepúsculo nas
asas de um morcego; do bebedouro na pracinha da Ordem,
onde os cavalos de sonho dos piás vão beber água.

Viajo Curitiba das conferências positivistas, eles são
onze em Curitiba, há treze no mundo inteiro; do tocador de
realejo que não roda a manivela desde que o macaquinho
morreu; dos bravos soldados do fogo que passam chispan-
do no carro vermelho atrás do incêndio que ninguém não
viu, esta Curitiba e a do cachorro-quente com chope duplo
no Buraco do Tatu eu viajo.

Curitiba, aquela do Burro Brabo, um cidadão miste-
rioso morreu nos braços da Rosicler, quem foi? quem não
foi? foi o reizinho do Sião; da Ponte Preta da estação, a única
ponte da cidade, sem rio por baixo, esta Curitiba eu viajo.
Curitiba sem pinheiro ou céu azul, pelo que vosmecê é –
província, cárcere, lar –, esta Curitiba, e não a outra para
inglês ver, com amor eu viajo, viajo, viajo.

Foto: Milla Jung

Remanescentes

Ana Cardoso

Aos dezessete eu queria provar pra todo mundo que eu não precisava provar nada pra ninguém. Eu e minha amiga Nana Shara. E pra isso, a gente fazia um monte de merda.

Era inverno e a moda nos cursinhos pré-vestibulares naquele ano era beber litrão na Rua 24 horas. Estávamos nos anos 90, a Ópera de Arame ainda não tinha sido construída, o Estação era um centro de eventos com catraca que cobrava ingresso e, onde hoje é o MON, funcionava um prédio público meio abandonado – o convite perfeito pra guris descolados andarem de skate e provarem substâncias. A cidade já era massa, só não tinha tanto frufru.

Nana Shara era de Ponta Grossa, veio estudar na capital. Morava com a mãe no Pinheirinho. Eu era daqui mesmo, sou, e ainda vivia com meus pais numa casa no Capão Raso. Vizinhas, não éramos, mas pegávamos o mesmo ônibus e morávamos na mesma região, longe do agito, que saco. Era outro tempo, pegar táxi custava caro, ninguém usava celular e nossos pais tinham mais o que fazer do que nos controlar. Até as famílias eram diferentes. Eu tinha três irmãos. Nem que meus pais não trabalhassem, teriam tempo de ficar atrás da gente.

Talvez por isso, eu tinha muita liberdade em casa. Meus pais deixavam a gente fazer o quisesse, desde que contássemos a verdade quando, e se, interpelados. A regra de casa era não mentir. Só isso. Eu estava numa fase meio metaleira, gostava de som pesado, coturno, roupa preta, piercing, tatuagem, o pacote todo. Como toda adolescente rebelde, tinha minhas contradições: andava com uma corda de baixo enrolada no pescoço, mas cortava o cabelo no Cabeleireiro Valdir no Capão Raso, puro glamour. Metaleira sim, descabelada jamais.

Nana usava cabelo curto, blusa listrada, All Star, franjinha na cara, media no máximo um metro e meio. Na casa dela tinha horário, regrinha, coisa de gente do interior. O sonho de sua mãe era a Nana casar de branco com algum membro da fidalguia ponta-grossense, um homem de posses, digno de sair em coluna social. Normal, minhas tias de Telêmaco Borba eram bem assim, sempre se referindo às pessoas pelo sobrenome, enchendo a boca pra falar de gente importante (pra elas).

Naquela sexta-feira Nana tinha dito à mãe que dormiria lá em casa – eu nem estava sabendo. Nos encontramos no terminal do Capão Raso, pegamos um Ligeirinho e fomos pro Largo da Ordem, onde estavam nossos colegas de sala: o Lelé, o Alface, o Repolho, o Pudim e o Mânica.

Pra quem morava em bairros mais afastados, ir pro Largo à noite era pura emoção, o Largo era o mundo. Tinha mauricinho, metaleiro, punk, hippie e muita gurizada. O mundo. Nossa primeira parada foi o Tuba's, um bar quase em frente ao Cavalo Babão, existe até hoje. Às sete da noite fazia frio, estava escuro e nós compramos o primeiro garrafão de vinho Campo Largo da noite, aquele com sei-lá- -quantos litros, meio docinho.

Antes das dez passamos do Tuba's pro Tragos, na Trajano. Era um fervo. Foi lá que encontramos outros amigos do Pinheirinho. A Trajano ainda não era essa loucura que é hoje, mas seu potencial pra noite já era evidente. O Largo é o destino certo de gente com pouca grana e muita gana de ficar na rua, sempre foi.

Quem não tinha vocação pra noite era eu, e isso só ficou explícito no dia seguinte. Toda vez que saía, eu ligava pros meus pais antes da meia-noite pra dar um panorama de que horas chegaria em casa, se tinha carona, ou se precisaria que eles me buscassem. Ligava de um orelhão porque ninguém da minha turma tinha celular nessa época.

Depois do Tragos, ficamos num vai e vem de comprar bebida, sentar no meio fio e circular entre os grupinhos nas calçadas geladas. Uma hora minha amiga sumiu, fiquei preocupada. Ela era a fim do Repolho, e ele estava com a Baixinha, nossa colega de sala. Quando reapareceu, Nana já foi me arrastando pelo calçadão sentido Bar do Alemão.

— Guria, vamo ali no Memorial, mas tem que ser agora, porque logo vai fechar. Sabe aquilo que a gente queria experimentar, um béqui? O Bicudo me deu, vem. — E me puxou, não tive nem tempo de reagir.

— Tá, mas e você sabe fechar um baseado? — perguntei, porque mesmo bêbada, eu tinha consciência de que não fazia a menor ideia de como enrolar um cigarro de maconha.

A ideia de jerico da Shana foi a gente entrar no banheiro do Memorial pra fumar o bagulho. Eu sei, contando hoje, quase trinta anos depois, parece um jogo dos sete erros. Duas gurias menores de idade entrando num órgão público repleto de seguranças, completamente ébrias, com planos de fumar uma erva proibida sem qualquer noção de como fazerem isso. Foi justamente o que aconteceu.

Passamos por dois guardas, encontramos o banheiro das mulheres e ficamos uma cara lá dentro, tentando enrolar o baseado, que ficou um pastelão e não acendia nem que pegasse fogo em todo o centro de Curitiba. A Shana babou a seda que o Bicudo deu pra ela.

Depois de algum tempo, uma guarda mulher nos tirou de lá a tapas. Estavam fechando o Memorial e cansaram de esperar as duas mocinhas esquisitas saírem do banheiro. A guarda dizia que iria chamar nossos pais e que nos encaminharia para uma Febem e blá-blá-blá.

Infelizmente a partir daí, eu não lembro mais o que ocorreu, vou ter que pular umas horas pra concluir esta história.

No dia seguinte, acordamos, eu e Nana Shara, embaixo de uma marquise, com o sol da manhã na cara, em pleno Largo da Ordem. À nossa volta, dormiam mendigos, metaleiros vomitados e – a seis passos da gente – um cara com cabelo todo espetado, abraçado num garrafão sem sequer um rótulo.

Ele olhou pra gente, serviu-se de vinho e ergueu o copo plástico em nossa direção:

— Aê! Remanescentes! — brindou com seu sorriso dente sim, dente não, dente sujo com piercing.

Na hora, até sorrimos, depois fechamos a cara e nos demos conta que precisávamos cair fora dali urgente. Felizmente não nos aconteceu nada, mas tudo podia ter acontecido. Em silêncio, descemos pela praça Tiradentes até uma estação tubo pegar o ônibus pra casa, preparadas pra um dia de muito sermão pela frente.

Nossas mães já haviam se falado e quando chegamos em casa, ouvimos de tudo, até que, se continuássemos assim, acabaríamos no Aline Drinks, um puteiro do bairro, que tinha um programa de tevê onde as garotas apareciam dançando com os peitos de fora e os guris nossos amigos ficavam loucos vendo.

Passei dias com o gosto azedo de vinho ruim na boca, os olhos secos e a dor no corpo de ter dormido nas pedras, na rua. Ali aprendi que o álcool anestesia na hora, mas que o que vem depois pode ser terrível.

Aos poucos nos recuperamos, pra nos metermos em outras pequenas enrascadas, lógico. Mas "remanescentes" tornou-se nosso cumprimento oficial por muitos anos. Nós não éramos garotas quaisquer, éramos remanescentes.

Foto: Milla Jung

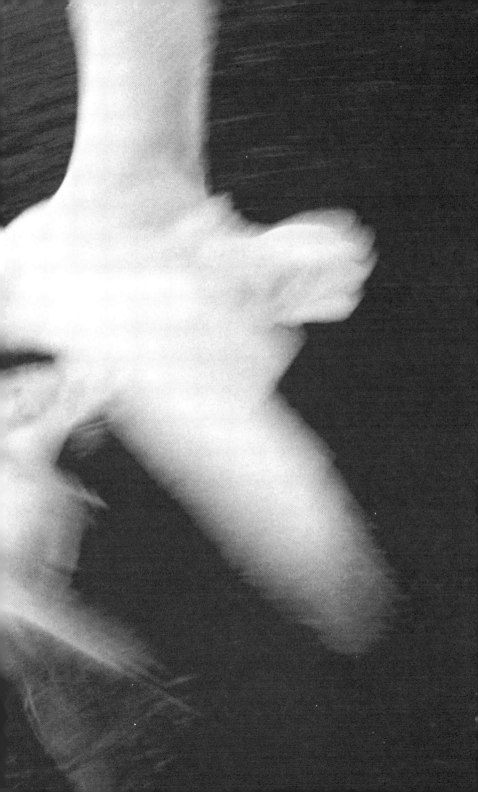

Olhar de Capitolina

Dani Carazzai

Quando ela se foi, restaram a sombra e o perfume. O dia ensolarado formava sua silhueta na areia, à contraluz. A praça 29 de março, ainda com poucos visitantes, enunciava as primeiras horas da manhã. Não posso imaginar o que a fez me deixar ali, sozinho, dois anos de idade, em um carrinho de bebê amarelo com listras em cinza claro. Por um bom tempo me senti confortável à sombra do parquinho, perto do trepa-trepa vermelho que eu tanto gostava, o som da água caindo em cascata pela escultura central de concreto. Mas havia a urina, a fome, o calor, os mosquitos, o medo, o susto do abandono. Um cachorro me olhava de longe, com olhos desconfiados como os meus. Dois animais à deriva.

Com esta idade a gente já consegue fazer algumas coisas. Segundo o Google, uma criança com dois anos já sabe nomear – do seu jeito – cerca de trezentas coisas e se comunica de forma simples. Corre, pula e algumas já conseguem alternar os pés para subir ou descer escadas. Embora eu pudesse fazer tudo isso, me encontrava afivelado ao carrinho. Impaciente, primeiro balbuciei uma reclamação, uns gritinhos agudos para ver se minha mãe voltava. O volume e a intensidade foram aumentando, mas aparentemente não havia outro ser humano disposto a se responsabilizar por uma criança de dois anos chorando em um parquinho. Nem um abusador, um traficante de órgãos, ou outra mal-intencionada alma.

A praça fica em um bairro classe média de Curitiba. Que eu me lembre, não havia tantos prédios baixos ao seu redor, nem supermercado ou farmácia na esquina, nem a agência dos correios no meio da quadra, nem as árvores representando países diferentes. Mas já havia feira livre aos domingos com o melhor pastel do mundo. Pombas também, desde sempre. Eu devia morar perto porque era o único lugar que minha mãe me levava com frequência para brincar com outras crianças. Talvez seja a minha primeira memória de antes.

Não percebi a aproximação do Nelson. As lágrimas gordas embaçaram o mundo, ritmadas por soluço e pavor. Senti o toque úmido nos pés já descalços – os sapatos de pano caídos na areia do parquinho. Em seguida, um puxa-puxa para soltar o cinto quase me fez despencar e o choro recomeçou, baixinho. Não é estranho que a gente não saiba o nome da nossa mãe? Com dois anos, ela é apenas mãe. Não há como explicar quem ela é, o que ela faz, onde ela está no momento. Mas Nelson não me perguntou nada disso. Ele simplesmente me libertou e eu o segui para onde ele estava indo. Caminhávamos e parávamos para beber água onde havia água. Voltávamos a caminhar. Parávamos para descansar, para beber água onde havia água. Até que chegamos em um imenso gramado ao redor de um lago, que a mim pareceu infinito. Nos sentamos ali e esperamos.

Eu não sentia mais medo. Mas fome e frio e desconforto. Nelson começou a me lamber para afastar os mosquitos. Era uma baba grossa que me protegia e fazia cócegas. Ao entardecer, chegaram seus treze irmãos e sua mãe. Não se espantaram com minha presença, simplesmente me acolheram como membro da manada. À noite, deitamos juntos, em um grande círculo, para nos aquecer. Capitolina, minha nova mãe – que eu só nomeei quando adulto – me amamentou naquela noite. A comunicação entre nós não se dava por palavras, a gente assoviava um latido como brincadeira, para chamar uns aos outros.

Nem tudo era bonito. Tive infecções de pele que quase me levaram à morte, algumas pessoas vieram para me tirar dali, mataram alguns de meus irmãos que me defendiam do assédio, houve confusão e sofrimento. Nos mudamos diversas vezes, de parque em parque, de alagado em alagado. Minha alimentação era péssima, emagreci muito, comia restos de comida do lixo – não conseguia me acostumar com o volume de salada que meus irmãos devoravam todos os dias. Minhas unhas ficaram enormes e rígidas, meus dentes avançaram para frente e tinha pelos marrons que nasciam em minhas costas. Nada disso me incomodava muito à época, eu vivia e isso bastava.

Foi depois de muito tempo que me dei conta. Quando uma senhora encostou sua mão em minhas costas e falou você precisa vir comigo. Eu não compreendi as palavras, mas fui. Não porque estivesse sofrendo, não porque não amasse meus irmãos e minha mãe, mas porque sabia. Ela me deu um banho, retirou os carrapatos e os pelos delicadamente com uma pinça, passou babosa e fez curativos para cicatrizar, aparou minhas unhas, secou meus longos cabelos. Não deixei que os cortasse. Vesti roupa limpa, comemos pão caseiro, tomamos leite quente. Ela tinha os olhos de Capitolina, castanhos e mansos. Foi nesta casa de dois que cresci.

Mantenho o hábito de visitar minha manada, que fixou residência no Parque Barigui. Chego sempre ao entardecer e os observo de longe por um bom tempo. Faço uma reverência em agradecimento e Capitolina retribui num meneio de cabeça indecifrável aos transeuntes. Ela está velha, mas enxerga bem. São olhos muito parecidos com os nossos, inclusive na espessura da córnea. Talvez essa tenha sido nossa conexão mais profunda.

Bem cedo, e somente às terças-feiras, vou à praça 29 de março. Antes de tudo abrir, ainda com poucos ônibus e pessoas circulando. Alguns corredores e os habituais passeadores com seus cães de apartamento. Sento no banco de concreto que fica em frente ao trepa-trepa vermelho. Há dois anos, uma mulher se senta ao meu lado e ficamos em silêncio. Pela silhueta na areia, ela tem cabelos longos, presos em um coque no alto da cabeça. Não tenho coragem de virar o rosto, ela tampouco. Aprendemos a contemplar a paisagem e sentir a companhia um do outro. Talvez não exista palavra que dê conta do perfume que volta a embalar a criança.

Foto: Milla Jung

84

Como um bicho geográfico

Ana Johann

Ao enviar a proposta, Márcia se levanta da cadeira giratória e fecha o restante da persiana rolô, que dá conta de controlar luminosidade e deixar à mostra apenas um pedaço do galho verde que se entorta ao chão como para dizer que pode se curvar e chorar. Não chega nem a parar para ver a copa de um dos chorões que fazem a ladainha na Visconde do Rio Branco. Se deixar a cortina totalmente aberta, precisa olhar também para o bueiro a céu aberto onde não só viu cair chuva como dejetos humanos e de animais. Também não sabe por que essa árvore tem esse nome, já é suficiente ter que pensar em barrilete, baldrame, basculante e outras palavras exclusivas.

Ainda em pé, termina de marcar na agenda do celular todos os itens como cumpridos – é um prazer colocar check e vê-los sumir, mas mesmo assim, se passar para a tela do lado, há pilhas de tarefas de várias cores que vão se empilhando para a frente e para o futuro. Ajeita a calça de linho de cintura alta e, antes de colocar o celular na bolsa, entra no histórico e aperta em limpar, todo ele. Quando ela pode, até adianta tarefas de outros dias para ter uma sensação de dia se esvaziando, mas não é o caso de hoje, precisa sair.

Bocejando, pega a bolsa quadrada com fecho dourado a tiracolo, aquela que gosta de ter para lembrar que um dia esteve nos Estados Unidos, o único país que pisou fora o Brasil. Paraguai não contava, foi com a família quando ainda era adolescente comprar perfumes para revender e pagar a faculdade. Preferia não mencionar, afinal o curso superior já tinha ficado em outra linha da existência. Agora para ela estava mais próximo o traçado de se aposentar, talvez olhar para trás de cima de um banquinho.

Antes de trancar a porta, sente a coceira e apenas encosta a mão no braço coberto pela manga da camisa de cetim azul-marinho, para não o arranhar. Desta vez a alergia está designada apenas nesses membros. Essa reação fez um mapa no braço dela como um bicho geográfico que vai deixando caminho, mas não era bicho, era alergia mesmo. Já visitou os dermatologistas mais requisitados de Curitiba e nenhum deles tinha chegado a um diagnóstico preciso. Elas vinham e sumiam como a vontade de Deus, que ela acreditava que daria um jeito nisso, já que ele opera por mistério e milagre. Seu aniversário de cinquenta anos tinha acabado de acontecer e Márcia pensava no presente que poderia dar para si mesma. O marido sugeriu uma viagem para Orlando, disse que seria um incentivo para voltarem a transar. Se fosse em outra época, ficaria sentida de ele falar assim, mas já não ligava. Não sabia se queria voltar àquele país, ir a outro, ou mesmo gastar o dinheiro com uma cozinha com espaço para encaixar o forno air fryer. Pensava que se voltasse ao Epcot, poderia inclusive fazer de conta que esteve em onze países num happy fucking day. Passou pela cabeça fazer uma viagem de balão ou comprar uma estrela. Não, nada lhe trazia um frio na barriga. Ela sai do escritório com uma pergunta de um artigo que recém leu sobre as três ondas da arquitetura, "para onde iremos agora?"

Com a bolsa segurada rente ao corpo, mal sai do prédio e já entra no carro no estacionamento ao lado – prefere abrir mais os olhos ao entrar na Alameda Prudente de Moraes para ver os restaurantes novos que vão se abraçando pela calçada como amigos que cantam bêbados e vez ou outra invadem a rua felizes. Os guarda-sóis desses bares lembravam as imagens que já tinha visto em revistas de restaurantes em Madrid e irradiavam a Curitiba que ela gostava de ver. Não apreciava boteco de cerveja de litrão e com pessoas que usam sapatilha e blusinhas que parecem compradas em supermercado. Toda vez que tem algum compromisso depois do trabalho, sempre envia mensagem para o marido, hoje não envia nenhuma, não sabe como serão os minutos seguintes. Pensa que poderia inventar algo para ele não ficar preocupado, mas ter que avisar qualquer coisa neste momento já lhe franze a testa.

Márcia entra no primeiro lugar que lhe chama atenção, o estacionamento de um shopping que é frequentado por poucas lojas e pessoas no Batel. A construção térrea, que é coberta com abóbodas brancas de ferro, faz curva como os chorões e são suportadas por uma estrutura de ferro e vidro, muita transparência para ver as ruas paralelas que se alastram em duas pontas. Ela olha para um lado e depois para o outro e pensa em sair na rua que circunscreve, onde estão os cafés e os restaurantes. Gostava de chegar ao entardecer só para ver as luminárias em frente, que são como um pomar de frutos leitosos fazendo charme, acendendo a rua. Elas se enfileiram junto às árvores naturais e são do mesmo tamanho, não se confundem.

Tem a sensação de estar em uma outra cidade, talvez a Little Italy. Atravessa o corredor e vê a loja de sorvete que tem sabor manjericão e também sorvete para pet. Desce a escada e entra na loja que sempre detestou, os marmanjos ali esbaforindo fumaça pelos charutos, não via mulher entre eles. Pergunta se tem cigarro normal, não vendem. Passa pela cabeça dela pegar um charuto e ficar ali olhando a rua entre os homens, mas não quer. Resolve comprar um isqueiro. Fazia algumas noites que não dormia

87

bem. Antes da filha nascer, Márcia se deitava, dormia e só☐ acordava no horário estipulado. Foi parir e qualquer som diferente a colocava em alerta. Mesmo depois de quinze anos, não conseguiu se livrar do aumento de decibéis que adquiriu ao partejar. O marido resolveu substituindo a fabricação do hormônio natural por melatonina já nos primeiros dias após o nascimento da filha.

Ela volta, desce as escadas rolantes que já tinha subido dentro do small shopping e olha a programação de filmes. Entre eles estava passando "A mesma parte de um homem" de uma roteirista e diretora paranaense. Não gosta do título, escolhe por ser o filme mais longo, tempo ideal para dormir e recarregar as energias dos últimos dias. Espera em pé, não quer comprar pipoca nem refrigerante, não vê a hora de poder entrar na sessão e descansar. Enfim liberada, ela entra naquela sala de cinema antigo que conserva ainda as cortinas laterais vermelhas de veludo. Escolhe um assento na última fileira, senta-se esticando as pernas o quanto pode. Depois de passar as propagandas e trailers de outros filmes, confirma que será só ela mesma na sessão. Se quisesse poderia se atravessar no banco ou mesmo ultrapassar os limites das poltronas enfileiradas. Sempre que estava há dias sem dormir direito era só comprar uma sessão no cinema e pronto, fazer aquele sono que se mergulha por dentro do corpo em solavancos até babar.

O filme começa na floresta com um homem e uma adolescente caçando, parece que abatem um javaporco. Márcia ajeita as pernas que acabou de cruzar, o sono não apareceu ainda, vai seguindo o fio da história, uma mulher e uma adolescente ficam sozinhas na vila rural depois do marido desaparecer. Faz frio e neblina em uma casa no campo sem vizinhos por perto. O marido desaparecer parecia interessante para ela, mas não compraria ingresso para assistir a esse tipo de filme, gostava dos que eram pra dar gargalhada ou de bangue-bangue.

Diante da sala escura iluminada pelos flashes do filme, ela afrouxa apenas o botão e o zíper da calça, o suficiente para levar a mão por dentro da calcinha, sente uma umidade pré-existente e um cheiro de boceta lhe sobe à fronte, já que a tinha esfregado na poltrona giratória do escritório mais cedo. Ela leva o dedo indicador e o médio na boca para umedecê-los e volta a colocá-los em cima do clitóris, continua circulando no sentido horário e não demora muito para gozar em completo sussurro e boca entreaberta diante de uma cena onde a protagonista do filme está com o corpo retraído, segurando-se firme na cabeceira da cama enquanto o marido goza. Ela passa a mão na bolsa e não espera o filme terminar.

Quando Márcia aponta com o carro na Coronel Dulcídio, ao sair do estacionamento do shopping, já é totalmente noite e as luminárias que imitam os frutos leitosos estão em sua máxima potência. No celular, várias mensagens do marido e até ligações perdidas da filha. Não entra nem nas mensagens do grupo de amigas, resolve se deixar levar pela Vicente Machado, refaria a rota para voltar pelo mesmo trajeto para o escritório, já tinha ouvido falar por uma amiga daquele lugar que era também das putas. Ela volta para o escritório para deixar o carro e pegar um táxi, já com a peruca loira corte chanel em cima do cabelo liso castanho escuro que insiste no frizz. Só desce quando o táxi está chegando, não quer que o cheiro das canaletas invada sua narina. A bolsa de fecho dourado rente ao corpo seria ainda mais importante porque não só carregava celular e carteira, mas tudo o que precisava para esta noite.

O táxi sobe a Desembargador Ermelino de Leão e para. Ela desce e atravessa a calçada de paralelepípedos e já identifica a imagem do animal em cima da placa de metal, uma fera, o Gato Preto. Ao lado, alguns apartamentos e lojas de comércio que quase não são vistos pelo tanto de fios elétricos emaranhados. Há quem diga que se você não conhece o Gato Preto, você não conhece Curitiba. Lá as putas, os curitibanos, os turistas e os desavisados podem tomar cerveja ou comer churrasco a qualquer hora do dia ou da noite com o tecladista de boina que insiste em ficar no canto cantando música sertaneja para os que querem espremer as coxas ou dançar coladinho pensando nas estrelas. Costela com bastante gordura enroscada no arroz parboilizado, farofa de bacon lambuzada com a maionese de batata e enfiada a garfadas enquanto Márcia se concentra também na cerveja gelada que vai descendo devagarinho em cima da comida. E tem cadeira pra sentar e pessoas de sapatilha, ela repara. Só fica em pé quem quer dançar ou circular nos corredores para mostrar a arranhadura. Ela fica sentada sozinha se embalando no copo da cerveja enquanto observa uma mulher de saia vermelha e camiseta branca com o escrito "hoje estou uma fera". A mulher caminha de um lado para o outro em cima de um sapato de salto agulha. O segurança intervém, diz que a mulher não pode fumar lá dentro. Márcia aproveita e pega o copo de cerveja, a bolsa e a segue, pede um cigarro quando está lá fora já parada ao lado da mulher. Parece que ela trabalha por lá, pergunta para Márcia se ela é puta executiva. A mulher de saia vermelha lhe dá um cigarro enquanto sussurra algo no ouvido dela.

Depois da informação, Márcia sai caminhando pela rua e fumando com o copo de cerveja em mãos, cambaleando até a Rua Cruz Machado com a bolsa um pouco mais frouxa no ombro. Nenhum garçom a viu sair. Nenhum funcionário do restaurante conhece o cabelo natural ou o nome dela. Era a primeira vez que saía de um restaurante assim, sem prestar contas pra ninguém.

Duas quadras pra frente, ela chega em um prédio de esquina cinza e sem porteiro, aperta a campainha e sobe três andares por um elevador que não tem porta, apenas grade. Ri para si ao entrar pela porta do sujeito que está numa sala sem móveis já sem camisa e vestindo calça social preta apertada – constata que o cheiro dele é natural, sem perfume comprado na farmácia. Ela vai abrindo a bolsa, tirando a calcinha e vestindo o cintaralho. Ele quer se enroscar no pescoço, ela só quer que ele vire a bunda. Da bolsa ainda retira um lubrificante que passa no pau artificial gelado de plástico. Ela não tira a camisa de cetim azul--marinho, apenas roça o braço levemente se encaixando atrás do rapaz. Pensa que ele deveria dar para muitos homens casados do seu bairro, quem sabe do seu condomínio. Ela começa no vai e vem, para de repente para mexer no cabelo, tira a peruca suada, se lambe sozinha e pega velocidade, o pau é expulso pra fora. Ela volta a tentar achar a mira, parece que o orifício se contraiu, insiste até ele gritar. "Para! Não tá vendo que preciso de lubrificação?" Ela tenta vestir a calça em cima do pau artificial que não fecha, o joga de qualquer jeito dentro da bolsa e já no corredor manda uma mensagem para o marido: "Estou voltando para o Ecoville, pego ou não pego a pizza Califórnia?".

Foto: Milla Jung

A festa

Luiz Felipe Leprevost

Dou um suspiro de alívio em cima da ponte Portal Raposo Tavares que, cruzando o Parque Tingui, obrigatoriamente, tenho de atravessar para ir até a festa.

Alguns quilômetros de asfalto depois, avanço por pelo menos trinta minutos para dentro da mata por estradinhas de terra, enlameadas por conta das últimas chuvas, até dar de cara com os seguranças no portão da chácara. Por sorte, me organizei com antecedência, e o meu nome está na lista.

Descontração e desembaraço.

Desenvoltura, desinibição, destimidez, expansão, extroversão, naturalidade e sociabilidade da boa é o que está rolando na festa.

A anfitriã, segundo ela mesma conta, está fantasiada de Amor Verdadeiro.

Sua fantasia vem cheia de luzinhas.

No terreno da casa há mil vaga-lumes acesos.

Há bebida, ácido e cogumelo à vontade.

Esta propriedade na Lamenha Grande, nos arredores de Curitiba, já recebeu chefes de Estado, descendentes de monarquias, representantes da mais alta elite nobiliárquica, artística e destacados políticos do mundo todo.

É lindo ver como arte e natureza parecem se harmonizar para oferecer a melhor das opções no que se refere à qualidade de vida.

O ar traz até mim música clássica.

Harpas e flautas ecoam o tempo inteiro em todos os ambientes, dentro e fora da residência.

As paredes da casa de alvenaria são repletas de quadros de pintores famosos e esculturas e tapetes persas.

A anfitriã está contando a alguém que ao redor da nossa casa, nesta mata divina, vive livre uma rica fauna silvestre dos pinheirais: gralhas-azuis, gralhas-picaças, esquilos, ouriços, jacus, curucacas, socós, sabiás, manadas de canarinhos-da-terra, pavões e cotias mil.

Às vezes, você entra na sala e tem uma cotia, mas elas não são amiguinhas não, elas roubam nosso pinhão cozido, diverte-se.

Até araras temos aqui, claro que com licença do IBAMA, vivem soltas, são recolhidas apenas no inverno – com isto a anfitriã se mostra uma ambientalista exemplar.

Com toda essa perfeição e nobreza, talvez sendo eu o mais recalcado entre os convidados, sinto-me solitário e deslocado.

Abro mais uma cerveja e vou para um canto pensar na vida.

Diviso uma trilha entre as araucárias, sigo-a e penetro na sombra da mata divina.

Pisando manso, permito que a trilha me leve para longe.

Chego num lugar remoto, sem forma ou cor, composto apenas de ermos e de uma obscuridade que sobrepaira.

Silêncio, nenhum som vindo da festa.

A noite se enche de sussurros, de secos ruídos murmurantes.

Permaneço ali fitando a lua.

Reparo que uma fumaça vermelha sobe rastejando da terra e envolve as árvores.

Há um cheiro de carne queimada no ar.

Avisto silhuetas humanas agigantadas com chifre e rabos avançarem na relva diante de mim.

Agora, ao longe, escuto uma voz feminina gritando com alguém.

Lembro que devo voltar para o meio da festa.

Esperam que eu, representante dos gênios da cidade, dos bufões, isso sim, nunca dos puxa-sacos, mas dos qualquer merda, sim, dê a minha contribuição àquela felliniana noitada.

Faz sentido, pois, justamente, sou aquele que, nos últimos anos, vim espalhando para todos que no meu interior sentia-me exilado da certeza de qualquer coisa da vida que fosse a estrutura bem definida da vida, com as suas exigências de maturidade, estabilidade, gravidade e sei lá mais o quê.

Súbito, minhas reflexões de abismo existencial são quebradas com a presença de uma mulher.

Ela se apresenta como a nutricionista da festa.

A nutricionista chega pertinho de mim sorrindo e dizendo carinhosamente: não sei o que fazer com você.

Não faça nada.

Você parece abilolado às vezes, sabia disso?

Se você está dizendo.

Pobre rapaz.

Eu apenas a fito com o meu rosto pesado e mortal.

Finalmente, ela para com as acusações e me convida com doçura: venha, querido, está na hora da Cerimônia Gastronômica.

E me leva pela mão.

Ao nos aproximarmos novamente do centro da festa, inspiro o ar tomado por incensos de fragrâncias enjoativas.

Fogos de artifício azuis, amarelos, vermelhos começam a pipocar no céu escuro.

A anfitriã fantasiada de Amor Verdadeiro está contando como é a sua rotina.

A primeira coisa que preciso fazer é tomar um banho, então desço para o café da manhã.

Garçons passam com taças e mais taças de Veuve Clicquot.

Sim, faço consultas das 9h30 ao meio-dia, depois, das duas às quatro da tarde. É o máximo de tempo que a minha mente suporta, as energias são demasiado pesadas para mim, aparece muita gente enferma, doentes da alma, da psique e do corpo físico.

Da cozinha viajam eflúvios gordurosos.

Desfila por nós certa culinária, vinagres, do rude ao essencial, do essencial ao fecundo.

Opulentos odores impregnam as narinas, memórias das carnes sangrando.

Fígado mal passado para o laboratório coletivo.

A anfitriã segue palestrando a respeito da sua atividade espiritual.

Uma vez por semana, sempre sexta-feira à noite, tomo um banho de ervas para me limpar das cargas dos meus clientes.

Enquanto isso, os convidados engolimos cruas caçarolas à provençal, escorpiões do afeto fritos, punhados de guloseimas.

O gosto drogante do açúcar, as frutas cristalizadas dos comportamentos condicionados.

O xarope gelificado, o álcool rascante.

Um convidado faz uma piada e os demais gargalham.

A anfitriã diz: eles são bons, não são? Eles não são ótimos? São adoráveis.

De repente, descendo a escada, chega a voz da nutricionista entusiasmada.

Ué, ninguém aqui vai morder minhas frutas fendidas?

Euzinho que não, diz um conviva estourando de dar risada.

Há uma descontrolada hilaridade no ar.

A nutricionista pede que todos a sigamos.

Estamos animadíssimos.

Ela nos encaminha para a parte de trás da casa.

A excursão passa pela cozinha onde meia dúzia de chefs trabalham.

Atravessamos um pátio.

Passamos para o lado de trás de uma casinha que

parece ser uma espécie de depósito.

Então, colocamo-nos em roda num espaço descampado.

Aos poucos o grupo vai ficando em silêncio.

Dois sujeitos de chapéu de caubói surgem da escuridão trazendo um boi pelo cabresto.

Senhoras e senhores, apresento a vocês os nossos peritos, Nani e Nuno, diz a anfitriã.

Nuno tira o chapéu e o coloca no peito saudando a todos respeitosamente.

Nani fica imóvel, chapéu enterrado na cara.

O animal começará a mudar de condição nesse canto da propriedade, diz a nutricionista.

O boi reage, salta, desfere coices, ameaça seus algozes com cabeçadas perigosas.

Não se preocupem, esses senhores são especialistas, diz a nutricionista.

Suponho que o boi tem um conhecimento prévio de seu destino, diz a anfitriã.

Sim, o boi sabe que vai necessariamente partir e, por isso, tenta, de todas as formas, lutar contra a imposição de seu destino, diz a nutricionista.

Nani e Nuno amarram o boi a um tronco de árvore.

O boi pula mais, muge, se debate.

O caubói Nuno se aproxima e, com precisão e velocidade, com uma lâmina afiadíssima, desfere um golpe na jugular.

Um dos convidados começa a vomitar.

A presença de algumas pessoas aqui, diz Nuno, um dos executores, apontando para mim e outras pessoas ao meu lado, está atrapalhando o andamento.

Alguns deles está sentindo dó, diz o outro executor.

Desta forma o destino do bicho terá um resultado mais lento e sofrido, explicam os caubóis falando praticamente em uníssono.

Vocês não estão ajudando, volta-se de modo acusatório para nós a nutricionista.

Entendo a mensagem de vocês, mas a essa altura do processo não se deve ter compaixão, reforça a anfitriã.

Depois de abatido, os matadores começam a esfolar e abrir

o boi.

Eles o estripam, seu couro e seus órgãos internos são retirados.

Destituído de suas vísceras, o boi é separado em quatro partes com um machado.

O primeiro corte é longitudinal, acompanhando todo seu espinhaço.

O animal é, então, dividido em duas metades iguais: as bandas esquerda e direita.

As metades são, em seguida, elas mesmas separadas através de um corte latitudinal, de modo a se estabelecer suas porções dianteiras e traseiras.

Ao final do processo, Nani e Nuno já não falam mais em gado, mas se referem aos seus pedaços apenas como quartos: traseiros, dianteiros, direitos e esquerdos.

Mágica, comemora a nutricionista, o boi não existe mais, o animal vivo deu lugar à carne crua que servirá de matéria-prima à preparação dos repastos coletivos.

Um empregado da casa se aproxima da anfitriã e diz algo em seu ouvido.

Podemos voltar para a sala principal, avisa a todos a anfitriã fantasiada de Amor Verdadeiro, o DJ das três da manhã já está na pista.

A nutricionista, toda sensual, diretamente a mim: prepare-se, porque agora eu vou me botar dentro do seu copo e enquanto você se afoga em uísque, vou me enrolar com toda a tranquilidade em você, vou me transformar num casulo, numa larva, como as larvas do mescal e serei eu que escreverei as suas, suas peças de teatro e os seus poeminhas líricos.

No salão principal da festa está havendo uma tensa discussão sobre regimes hipocalóricos, hipoglicêmicos e hipocolesterolêmicos.

Um sujeito discorre a respeito das suas lições de hedonismo.

De repente, mal educadamente, vira-se para a anfitriã e, com um rosto cheio e doentio por baixo do seu cabelo ruivo entrando na boca grande, a massacra: a senhora é boa em vir contar historinha para boi dormir, mas eu não acredito em nenhuma palavra, na minha opinião a senhora só está fazendo merda com todo esse privilégio herdado.

Rola um silêncio constrangedor.

De repente uma força centrífuga suga as energias de todos os convivas.

A anfitriã começa a tremer o corpo todo.

Ela entra em transe.

São mais de quatro horas da manhã.

A madruga venta morcegos nas copas das árvores.

Há luas crescendo febris nos olhos de todos os presentes.

O orvalho sobre a grama preta é uma rara tapeçaria.

A anfitriã fantasiada de Amor Verdadeiro começa a se aproximar do sujeito que a desafiou.

A cada passo, suas pernas parecem flutuar.

Ela vai deixando cair pelo chão pedaços da fantasia de Amor Verdadeiro.

As pernas longas dela são fortes, morenas.

Avança numa dança de glórias.

O bocudo que a destratou tenta se agarrar na fumaça que sai do corpo da anfitriã.

Feito um Ícaro de bosta, ele derrete, ele não consegue escalar a fumaça.

Então ficam ali olho no olho.

Ele balbucia qualquer coisa incompreensível com a sua boquinha de animal, a sua boquinha agora sem arrogância alguma.

Todos sentem o que é uma presença.

A anfitriã tem uma força capaz de contagiar o cosmos.

Ela potencializa a desordem emocional de todos.

Os convidados parecem cair para fora deles.

A anfitriã, agora sem fantasia nenhuma, trabalha atendendo o restante da madrugada e boa parte da manhã, bebendo e fumando.

Um solzinho atrevido aparece onde a noite mais sombria termina.

Quando ela volta a si, são dez da manhã. A anfitriã cata pelo chão a fantasia de Amor Verdadeiro e vai dormir.

A fantasia, jogada na lavanderia, é um pano sujo desgastado que perdeu a função.

Foto: Guilerme Pupo

Espetáculo

Manita Menezes

Todo dia o professor estaciona o carro no Shopping Itália, atravessa a Marechal Deodoro rumo à praça Santos Andrade, onde trabalha. Toda manhã é fria em Curitiba, e os homeless dormem pelo centro da cidade. Deste pequeno percurso, já conhece quase todos, acompanha o despertar, o guardar de cobertores nos bueiros, volta e meia leva uma marmita ou um tênis usado para um deles.

Numa quinta-feira comum de abril, quando o frio ainda não era tão frio, com o passo rápido de quem tem cinquenta alunas e alunos esperando na sala de aula, avista à frente um dos mendigos de todo dia, deitado atravessado, quase em frente à porta do Pão de Queijo, o rosto meio escondido pelo cobertor mesclado, o pé de fora, reluzindo naqueles doze graus matinais. Socorro, socorro, ele fala repetidamente, em um tom baixo, quase contido, não fosse o drama todo que a palavra contém.

O professor foi reduzindo a marcha, tentando entender o que acontecia. O ritmo da rua era normal, uns vindo outros indo, um garoto pula sobre o corpo, me vê uma coxinha e uma Wimi por favor, e enquanto isso... socorro, socorro. Ninguém para. Ele foi, voltou, ficou ali olhando para o homem no chão, o que ele precisa? Uma pergunta idiota para tantas respostas. Vou procurar um telefone, avisar a FAS, pensou.

De repente, lembrou do horário da aula e seguiu – os alunos não podem esperar. A culpa social rapidamente trocada pela urgência da vida, não sem deixar rastros: no caminho foi refletindo sobre a banalização da miséria humana, incluindo sua própria indigência.

Aula dada, hora de ir embora, antes de pegar o carro, foi ao shopping fazer cópia de uma chave e comprar meias para o frio que certamente virá. Desceu as escadas ao lado de uma família que parecia estar voltando do almoço. Ouve uma conversa que lhe chama a atenção. O suposto pai apontava em direção ao quiosque do McDonald's onde uma pequena multidão se aglomerava e exclama: olhem lá, o que será que houve, será que alguém morreu? – já sacando o celular do bolso. O professor pensa: é só a fila da casquinha, camarada.

Seguem andando juntos em direção às pessoas, o pai eufórico meio esbaforido e o professor atento, anonimamente no mesmo passo. Vão chegando mais perto, celular do pai em punho, pronto para compartilhar; a atenção do professor inteira na frustração do que está prestes a testemunhar. A fila vai se configurando, só de chocolate para mim, eu quero misto, diz a multidão sedenta por um doce baratinho pós-almoço.

O pai então entende, e nitidamente contrariado solta um "ahhhhhhhh" comprido, volta-se para os seus, virando os olhos de decepção. O professor constata satisfeito que estava certo. De repente, ecoa em seus ouvidos o pedido de socorro das sete da manhã, e o gosto do deboche rapidamente amarga.

Incrível como, todos os dias, ignoramos ou assistimos, desprezamos ou exibimos. Estamos – ou somos – muito loucos. Banalizamos o horror, percebemos uma galera reunida e logo imaginamos uma possível morte. Se há indícios de uma tragédia, queremos filmar. Se a tragédia, no entanto, está realmente acontecendo, pedimos um refrigerante no balcão e seguimos caminho. Quando a tragédia não se consuma, nos decepcionamos, pois não teremos conteúdo inédito para subir nas redes. Todo dia, a vida engole a gente, cada dia um pouquinho mais. Todo dia, a tragédia vem de onde menos esperamos, de nós mesmos.

Fugitiva

Natasha Tinet

O céu é um recorte azul entre os verdes que sussurram nos ouvidos de Regiane. Sentada em um dos bancos da praça Osório, ela inspira a umidade das folhas, gotas espaçadas pintam seus ombros, últimos resquícios da chuva repentina. Regiane sentiu a presença de alguém no banco e, num movimento automático, afastou-se dando mais espaço a quem quisesse ali sentar. Regiane permaneceu quieta, como os bancos vazios e disponíveis, mas a senhora escolheu sentar-se justo ao seu lado, um banco molhado como qualquer outro.

— Não te parece que aqui moram fantasmas?
Regiane demorou a entender que essa senhora falava com ela.

— Como assim?

— Fantasmas, vivendo nessas árvores. Tenho essa sensação do tempo correr diferente desde a primeira vez que sentei nesse banco. É como se o tempo fosse aquela carpa que a sereias seguram na fonte. Parecem que vão escorregar a qualquer momento, mas estão presas. Você já reparou na fonte? Sei que é a primeira vez que você vem aqui.

— Como a senhora sabe?

— É que eu também não sou daqui.

"Também"? Regiane imprimiu uma dúvida em seu rosto, talvez carregasse um selo que atestava que não pertencia ao lugar. Aterrissou em Curitiba na mesma hora em que a mãe e as cunhadas preparavam a ceia de Natal. Regiane evitou as festas de fim de ano e todas explicações que teria de dar sobre seu divórcio. Quando quis ser mãe, o marido respondeu que nem sonhasse com aquilo. Regiane então se dedicou à carreira e quando o marido comparou seus contracheques, os números a mais da esposa o fizeram perceber como Regiane era egoísta por só pensar no próprio trabalho. Disse que estava mais do que na hora de ter um bebê. Um bebê que dependesse integralmente da mãe. Mas Regiane queria depender integralmente de seus desejos, que já não incluíam o marido e o tal filho por ele imposto. Paralisar já não era uma opção, então antes que sua vontade de viver secasse, escapou escorregadia de uma vida que já não fazia sentido.

— Eu vim fugida, sabe? Eu penso assim, que sou fugitiva. É preciso coragem pra fugir, covardes são os que ficam, eu acho. Gosto de me esconder à vista de toda uma gente que não me conhece. Dá um certo conforto. Faz tempo que estou aqui, nesta cidade. Não moro tão longe, atravessando toda a XV você chega em outra praça, a Santos Andrade. Vivo ali por perto, na Alfredo. Você vai saber quando passar por lá, numa quadra que cheira a incenso de sândalo. As meninas que trabalham nas calçadas acendem pequenas toras desses incensos nas frestas dos portões, nas janelas, até atrás das placas de trânsito. Pra trazer dinheiro, é o que elas dizem. Algumas usam polainas no verão, acredita? Para esconder as tornozeleiras eletrônicas; os rapazes não escondem nada. Os homens não têm vergonha de serem explícitos. É gente já perdida ali naquela parte da Alfredo, infelizmente, é gente que nem percebe o peso do que carrega. Mas ninguém mexe comigo, é como se eu fosse invisível. Talvez porque eu sou antiga. Desculpa, menina, tô falando demais. Tá vendo, tá na cara que não sou daqui. Me diga, quando você chegou?

— Cheguei na véspera de Natal, estou no apartamento de uma amiga, vou ficar lá até encontrar um lugar pra morar.

— Ah, então você já tem uma amiga por aqui. É bom assim, muito bom.

Regiane achou mais simples responder que estava na casa de uma amiga do que falar que estava na casa da amiga de uma amiga. Sua amiga Sara foi a intermediária entre ela e a mulher sem rosto que precisava de uma companhia para sua gatinha enquanto estava fora da cidade. Uma gata preta chamada Mônica. Foi ela quem recepcionou Regiane com um faro alongado, reconhecendo o cheiro da distância. Não havia fotos da mulher cuja casa habitava, nem pelas paredes do apartamento, nem nas redes sociais. Só havia fotos da gata. Até mesmo na foto de perfil com quem Regiane trocava mensagens sobre a gatinha e outras questões domésticas. Era como se falasse sobre Mônica para a própria Mônica. Mônica diz para ter cuidado com a porta, pois Mônica escapa sempre que possível. Depois de tantas fugas, Mônica foi microchipada e ostenta uma coleira amarela com uma medalha de prata onde foram gravados os números necessários para que encontrem seu lar em caso de acidente. Mônica diz que Mônica também se esconde em fundos de armários, no rasgo do sofá e em caixas. Mônica diz que a Mônica sempre aparece quando quer. Regiane lê na íris manchada da gata que se perder pode ser mais difícil do que se encontrar.

— Eu me sentia muito só no começo. Tanto que comecei a ver rostos do meu passado em outras pessoas. Na surpresa primeira é sempre aquela pessoa que de repente está ali. Só depois é que se percebe um quê de diferente, um dente mais torto, um nariz menos pontudo, aí deixa de ser. Você vai ver que acontece e vai me entender.

— Eu espero que não. Espero não ter essa surpresa, mesmo que seja um engano. Só quero ver o que ainda não conheço. O que eu tenho medo é de precisar voltar.

— Vai dar tudo certo, menina. Confia.

— Me desculpa, nem perguntei o nome da senhora.

— Não precisa se desculpar, você não perguntou porque já sabe o meu nome.

Regiane tentou buscar o nome na memória. O som de uma flauta começou a ser soprado, seguido do vozerio das pessoas que Regiane nem tinha percebido que estavam ali. Uma sombra corria refletindo o sol e sequestrando o olhar de Regiane. Reconheceu Mônica, precisava alcançá-la.

Foto: Guilenne Pupo

Depois dela,
invariavelmente vem o sol

Flor Reis

Saiu para o corredor do prédio fechando a porta do apartamento atrás de si. Tinha planejado velar o amor morto no conforto de casa, mas não suportava mais escutar o eco do silêncio nos quartos vazios. Desceu pela escada mesmo – a ansiedade o impedia de esperar o elevador. Chegou ao portão e, pela primeira vez em anos, saiu pela rua sem destino certo, apenas seguiu a trilha do tapete das flores de ipê pela Machado de Assis. A rua vestida de amarelo de cima a baixo ostentava uma exuberância quase imoral, e não lhe pareceu de bom tom atravessar um caminho daquele com o coração tão despedaçado. Ainda assim, fez força para inspirar fundo, e finalmente sentiu os pulmões se expandirem um pouquinho mais. "A beleza irá nos salvar." Quem sabe.

Percebeu ter saído de casa sem os fones de ouvido, mas não voltou para pegar. A cidade portava seu silêncio habitual de domingo e a falta de uma trilha sonora que lhe guiasse os sentimentos pareceu angustiante, mas seguiu. "Qualquer hora nessa cidade parece que é duas da manhã", ela teria dito. Mas ele se permitiu apreciar a solidão e a quietude da tarde, a sensação de não ser invadido por sons, pessoas e estímulos, de poder estar realmente só com seus pensamentos.

A primeira manhã sozinho em casa depois da partida dela para o outro lado do país começou cheia de vazios. O apartamento subitamente desnutrido e mirrado após perder tantos livros, discos, sapatos e louças, a geladeira grande esvaziada de sentido e função, e o pior: aquele cômodo vazio no meio do corredor que parecia um dente arrancado do meio da boca. Se no dia anterior tinha experimentado um cansaço pontilhado de alívio, típico de um velório que se encerra após uma morte lenta e arrastada, hoje se sentia vagando pelas garagens abandonadas de si mesmo, um andar subterrâneo cheio de pilastras, paredes e cantos escuros, de ecos e vãos ligeiramente sinistros. Não conseguiu ficar parado em casa.

Seguiu pela Alberto Bolliger no sentido da Alberto Folloni. Cruzou a rápida sentido bairro, depois a canaleta do expresso vazia, a rápida sentido centro. Atravessou em silêncio as ruas do bairro em que sempre morou, tão familiares, mas naquele momento despidas de memória ou significado. Se sentia oco. Seguiu até a praça em frente à Assembleia e o Palácio do Governo, as pernas o levando automaticamente pelos caminhos mais habituais. Atravessando o gramado, foi tomado pela mesma curiosidade de sempre: quem é que coloca flores nas mãos da estátua de Nossa Senhora de Salette todos os dias? Desta vez, estranhamente, as mãos da santa estavam vazias, e ele pediu licença ao seu ceticismo habitual, colheu nos arredores um ramo de begônias vermelhas e colocou-as ali, cuidadosamente. Pensou em caminhar até o gramado do Museu do Olho para ver os cachorros e quem sabe ter alguns minutos de intervalo da fossa ao admirar as patinhas saltitantes e sentir os focinhos úmidos na canela, mas teve medo de encontrar conhecidos que perguntassem pelo Churros e ter que falar da separação, contar que Natália tinha ido embora de volta para o Norte, de carro, levando o cachorro que

120

sim, era agarrado com ele, mas na verdade já pertencia a ela desde antes de ficarem juntos. Em vez disso, pegou uma bike numa das estações de locação da Cândido de Abreu e foi pedalando até a ciclovia da beira do rio, no sentido do parque São Lourenço. A sensação de se mover com mais velocidade aplacou um tanto a sensação de aperto na garganta. A temperatura estava mais fresca ali, e o barulho da água e do vento batendo nas árvores preencheu um pouco do peito murcho, esvaziado de vida. Lembrou-se do verso da poeta portuguesa de que ela gostava: "meu filho, tente não fazer de ninguém uma cidade".

Natália partira com uma dor vermelha estampada nos olhos e um pesar arroxeado tingindo lábios e olheiras. Mas ela também carregava um alívio quase palpável, alívio que a fez pesar o pé no acelerador do carro alugado, ansiosa para cruzar de volta as fronteiras que a separavam do passado e de sua identidade. Ele conhecia a ex o suficiente para saber que ela mal podia esperar para se ver livre daquele lugar, a cidade da qual nunca gostou, onde foi morar só por causa dele, apostando tudo naquele amor que, anos depois, e ao final de alguns meses de agonia e respirando por aparelhos, descansou. Podia imaginá-la parando o carro no acostamento ao cruzar a fronteira do estado só para bater a sola dos sapatos um no outro e dizer, com a mania por rituais e o drama que lhes eram característicos: "Dessa terra não levo nem o pó.".

Nunca conseguiu que Natália se sentisse à vontade na cidade, e ela fazia questão de carregar uma resistência ideológica profunda, atávica, como uma mochila pesada que nunca saía das costas e a impedia de relaxar. "Me recuso a ser colonizada por esse lugar", disse por mais de uma vez. Ele entendia, respeitava e até concordava com a maioria das irritações e resistências dela. Não era fácil ser progressista num recanto conservador como aquele, num bairro apinhado de bandeiras do Brasil nas janelas dos prédios como aquele em que moravam. Aos poucos, a birra que era dela foi se imiscuindo nos espaços internos dele, a amálgama inevitável de duas pessoas que se apaixonam demais, e que atravessam juntas um punhado de ensaios para o apocalipse.

Mas não mais. Ele agora pedalava acelerado pela ciclovia, já próximo ao parque São Lourenço, e o verde que lhe enchia os olhos começava também a inventar um cheiro novo, aroma de recém-nascidas utopias. Ainda assim, a familiaridade do cenário não lhe trouxe a cura imediata nem a sensação de pertencimento que buscava – maldito vício em dopamina alimentado pela rolagem infinita das redes sociais –, e o peito se contraiu de novo sob o peso do luto pelas histórias perdidas, pelos planos abandonados, por tudo aquilo que não foi, que não deu conta de ser. Pensou com pesar no quanto insistimos em fazer casa no outro, mesmo depois de tanto despejo, erro construtivo, desastre ambiental que põe abaixo os muros de sustentação. Pensou no grande equívoco que pode ser amar enquanto assistia os patos e capivaras do lago se banharem nas águas da ignorância dos animais que não se apaixonam, não assinam contratos de união estável nem discutem por boletos, regimes de bens, tarefas domésticas.

Entendia que era cedo demais para voltar a pertencer, que precisaria de tempo. Ao mesmo tempo, começava a desconfiar que, depois de tanta metamorfose e travessia, seria difícil voltar a caber com conforto em algum lugar. Ainda assim, e talvez por pura teimosia, pensou que talvez pudesse voltar a amar a cidade, e decidiu fazê-lo. Não de uma vez, com o arrebatamento das novas paixões, mas aos poucos, silenciosamente, como quem faz as pazes com um afeto do passado que estava esquecido num fundo de armário, na posta restante, um amor miúdo de sorrisos contidos e olhares tímidos, a princípio frágil, mas que quem sabe assim, com menos arroubo e arrebatamento, tivesse mais chances de enraizar e brotar na terra.

Parou à beira do lago do parque, desceu da bicicleta e se sentou um pouco para ver mais de perto a família de patos, fascinado pela facilidade dos bichos de constituir família, de viver em bando, nadar em fila sem trombar o tempo todo, sem botar tudo a perder. Sem se preocupar em como seguir pela vida em voo solo depois de tanto tempo existindo em par.

Lembrou-se que o poema da portuguesa sobre misturar cidades e pessoas continuava dizendo: "Tudo se refaz, você verá. Tudo se refaz menos os nomes.". Sentia que tinha deixado de morar na cidade para residir em Natália, os dois sitiados, ela em seu ressentimento e solidão doméstica, brincando com certo amargor que se sentia uma esposa dos anos 1950; ele cada vez mais culpado por se sentir muito mais feliz da porta para fora. O perigo dos mergulhos muito profundos é que às vezes o ponto de encontro passa a ser a dor, mais e mais, até chegar ao ponto em que qualquer trajeto simples vira rota de colisão, qualquer travessia curta passa a exigir que se enfie na lama até os joelhos, ainda que ambos saibam que existe caminho mais seco e mais fácil. Deitando a cabeça no gramado para olhar o céu azul, ele respirou fundo e pausado, tentando afastar do peito a sensação de ter passado os últimos anos submerso, de não saber mais direito como existir no ar e não mais na água. O fim ainda lhe doía os ossos e pressionava a caixa torácica, mas com menos intensidade agora.

Ficou ali por alguns minutos até que por fim ergueu o tronco da grama úmida e olhou mais uma vez em volta, ainda se sentindo meio alienígena, mas um pouco mais capaz de suportar a atmosfera do novo planeta. Ficou de pé, subiu de volta na bicicleta e começou a percorrer o caminho de volta para casa, desta vez mais devagar, sem tanta pressa para atravessar. Não sabia ao certo como ou quanto tempo levaria para se reconhecer, para caber de novo em si. Não conhecia direito o caminho para fora daquele banzo que se instalara nele, mesmo estando dentro da própria cidade. A derrota do projeto de amor dedicado a Natália botava peso extra nos ossos e cobria a vista de uma neblina densa e baixa, e ele começava a se conformar que seria assim por um tempo. Mas conhecia o clima curitibano o suficiente para saber: depois dela, invariavelmente vem o sol.

Foto: Guilerme Pupo

Arame galvanizado

Rai Gradowski

As mãos fechadas nos bolsos da jaqueta de couro tentam prender qualquer calor ainda restante no corpo de fugir pelos dedos. Meus joelhos não param de flexionar, desesperados por aquecer as pernas. O Uber cancelou assim que saímos da portaria e Julia só há pouco arranjou outro carro. Laranja. Na certa um antigo táxi.

Eu deveria ter vestido o sobretudo grafite. Mas é claro que ainda não tirei do armário pra pegar um ar. E junto com as outras roupas de frio-pesado-curitibano entocadas no fundo da última prateleira, agora o sobretudo é uma potencial arma que se eu me atrever a usar vai apontar direto pro meu nariz e disparar. E aí é palma da mão e narinas esfoladas de tanta coceira, até o inchaço passar pra garganta e pálpebras e eu precisar contra-atacar com o antialérgico. A Julia confere a placa dando uns passos de costas, abre a porta do passageiro e faz sinal pra eu entrar. A gente fica numa discussão muda de entra você primeiro e quando ela aceita a derrota, o motorista dá a partida.

Na Saldanha Marinho, cruzamos a Prudente de Morais e vejo as zil mesas ocupadas. Essa galera não sente frio, não? Por que não estão em casa enfiados no cobertor se empanturrando de pinhão e vinho assistindo Netflix? Ah, se eu pudesse curtir meu inverninho curitibano no sofá. Mas Julia ganhou os ingressos pra esse tal show na Ópera de Arame de uma banda que nem conheço. E deus-me-livre a cena se eu não topasse ir.

Ela tem o rosto virado pra janela, e me flagro pensando no que ela tá pensando. Quando eu parei de saber só de atentar pros seus micromovimentos corporais?

Desisto de adivinhar e volto o rosto pra minha janela. Dois piás somem pela ciclovia do São Lourenço com roupas iluminadas. Será que eles não estão congelando? Se bem que com essas roupas hipergrudadas e hipertecnológicas... Talvez eu devesse comprar uma dessas pra usar por baixo do jeans em vez de meia-calça de lã já cheia de bolinhas.

Outro ciclista. Dessa vez de japona mesmo. O sinal vermelho permite ver a fumacinha de vapor que ele solta enquanto pedala equilibrado com uma mão só na bike. A Julia costuma falar que a fumacinha é a purificação da frieza da alma.

Certo domingo, sentadas no gramadão do MON, com todo pessoal fechando um círculo colorido de cangas estendidas, o fim de tarde fez despencar a temperatura. Julia soltou uma fumacinha de vapor e largou essa. Purificação da frieza da alma. A galera não parou de rir por meses daquela filosofada de Julia – que estava ali de alma quente e purificada.

Ela continua virada pra janela até nosso desembarque.

Atravesso a passarela pela lateral com placas metálicas, mesmo que esteja com botas tratoradas de borracha. Julia anda pela parte gradeada de metal confiando na aderência das solas dos Adidas. O que custa andar na esteira? O sereno deixa tudo mais escorregadio, e ela parece nem ligar.

Como somos quase as primeiras pessoas a chegar (pra va-ri-ar), escolhemos lugares na terceira fila. Ela arranca do bolso a latinha com protetor labial. Abre, mete o indicador na pasta incolor e passa nos lábios extrapolando os limites do contorno. Me estica a latinha, e rejeito dizendo que meu batom já hidrata. Depois ela guarda o protetor labial no bolso e nos isolamos nos celulares.

Uma harpa (talvez eletrônica) começa a vibrar nos arames que sustentam a estrutura do teatro. Eu devia ter desconfiado que seria uma dessas coisas experimentais. Julia adora coisas experimentais e agora já posso apostar que não vai ter um mísero vocal no espetáculo.

Outro foco de luz, agora violeta: uma bateria só de pratos que quando ordenados pela baqueta mágica (porque o cara batucando tá vestido tipo um mago de desenho infantil) espalham o som agudíssimo e hipnotizante pela nave de aço que nos abriga. Olho pro teto admirando a mandala de metal. Poderia ser uma gaiola. Poderia ser uma estufa.

Pensar que nossa turma vendeu rifas e mais rifas e mais intermináveis rifas pra colar grau aqui. E que há cinco anos, éramos eu e Julia que vibrávamos nesse palco.

Entre esses encontros aramados, a torcida de chave na nossa relação. Foi o escuro chegar depois do pisca-pisca dos chapéus voando pra cima que ela me soltou do abraço e — como se desprendendo da amizade amalgamada na faculdade inteira — me deu um selinho corajoso de três segundos fundindo uma nova liga entre a gente. E aí quando Julia voltou pra Curitiba depois de passar as férias de verão na cidade dos pais, busquei ela na rodoviária e trouxe pro meu apê, de onde nunca mais saímos.

Cinco anos vindo aqui, em várias estações.

O show acaba e ganhei a aposta que não fiz. Mas Julia está satisfeita, ainda consigo identificar pelas ruguinhas perto da sobrancelha. No subsolo a discotecagem já tá rolando e pra descer as escadas me apoio no corrimão de metal que incrivelmente não está um gelo.

Eu vou direto pra perto do lago e acendo um cigarro enquanto Julia entra buscar cervejas. O gosto menta-tabaco enche meus pulmões e o relaxamento da nicotina me deixa zonza.

Durante o dia, este paredão enorme de pedra encaixado no verde aberto das copas fechadas costuma dar ao lago uma cor oliva. Hoje, pela iluminação direcionada de alguns holofotes, o lago está de um verde radioativo. Os olhos de Julia também costumavam mudar de cor quando eu ainda lhe dirigia os holofotes.

"Era só chope", ela me estica o copo de plástico.

Pego. Brindo. Dou um gole reparando no tom da sua íris esquerda.

Traço alguns comentários sobre a banda cuidando para enfatizar no elogio – mesmo que pra mim ainda tenha faltado voz—, e ela emenda: "O que foi aquela guria com aquele instrumento de sopro minúsculo? Que insano.".

O cigarro está acabando de queimar e o frio não incomoda mais e não sei se quero voltar pra barulheira lá dentro ou se quero ficar aqui e arriscar o provável silêncio.

Julia usa do velho método de conservação de calor de flexionar compulsivamente os joelhos. Ela inclina a cabeça um pouco pra cima, arruma a careta num bico e tenta soltar uma fumacinha de vapor. Não sai nada.

Dou um gole mal calculado no chope e me babo o queixo, que limpo rápido com a manga. Julia faz não com a cabeça seguido de uma pequena risada e tenta de novo eliminar vapor pela boca com a careta infame.

Uma nevoazinha finalmente sai de dentro dela.

Ela faz uma mini dancinha de conquista. E no silêncio do vale da música, sua íris pisca pra mim de novo.

Foto: Guilerme Pupo.

Rua 24 Horas

Vicente Frare

Era o ponto de encontro de sempre. O lugar onde aquela turma heterogênea sentia-se em casa. Uma festa sem hora para acabar. Foram anos de aventuras na Rua 24 Horas, matando aulas do cursinho, fazendo hora para o dentista ou nas épicas noites de sábado, quando aquela mesa transbordava de tanta gente ao redor. As gurias saíam para dançar no Largo da Ordem e no Batel. Quem tinha sorte, desaparecia com paqueras recém-conquistadas pelos mistérios da noite curitibana. Havia os guris que gostavam mesmo era de jogar truco até o dia amanhecer.

Joana culpa a demora em passar no vestibular pela facilidade de se encontrar com os amigos para bater papo e fumar um cigarro. Também contava com brilho nos olhos que perdeu a virgindade nos braços de um galã de novela que se juntou à mesa após uma peça do Festival de Teatro. Se encantou com a menina da língua cor de framboesa de gasosa Cini. Rogério nunca contou que foi ele quem trouxe o galã para a mesa depois de um famigerado beijo no camarim.

Foi ali na Rua que protestaram pela primeira vez. Contra o presidente marajá, a Casa da Dinda, o "duela a quien duela" e o sequestro da poupança. Assistiram juntos a todos os jogos do Brasil na Copa da Itália. Comemoraram a vitória durante dois dias de samba, suor e cerveja. Houve uma noite, dessas inesquecíveis, em que a névoa sobre a cidade foi tão densa que não havia como dirigir ou até mesmo caminhar de volta para casa. Fazia tanto frio que formaram um enorme círculo e atearam fogo numa lata de lixo para tentarem se aquecer. Diziam que nestas noites o vampiro de Curitiba fazia vítimas pelo Centro.

Quando Henrique fugiu de casa, seus pais mandaram o irmão mais velho buscá-lo entre os amigos bagunceiros no único lugar onde poderia se refugiar. Foi uma cena patética o resgate do Henrique, que quase morreu sufocado pelo irmão e de vergonha daquela cena na frente de todos os melhores amigos. Ele ficou um bom tempo sem aparecer, mas Fernanda contava para ele todas as fofocas. Eram vizinhos e melhores amigos. Contou de uma aposta épica que rolou entre Rogério e André. Acabaram os dois presos sem roupas na fonte da Praça Osório. Jogaram balões cheios de água no ônibus da Linha Turismo e invadiram a festa folclórica polonesa do centro cultural Junak ali perto. Eram levados da breca, mas faziam a turma dar boas risadas.

A intensidade da juventude faz o tempo se alargar. É como se a vida não tivesse data de expiração. É como se aquela época, aqueles amigos, aqueles sonhos fossem durar para sempre. São esses os assuntos que compartilham para driblar a falta de conversa quando se encontram hoje em dia. Encontros casuais em filas de aeroporto ou aniversários infantis onde o tempo se dilui. O Facebook também ajuda a lembrar quem é quem. Quem casou. Quem já tem filhos. Fotos daquela época são raríssimas. O mundo pré-digital é quase pré-histórico.

Pelas redes sociais souberam do acidente fatal de André. Ele provocava a vida com vara curta, diziam. Desmarcaram compromissos, alertaram cônjuges e, no meio de uma tarde ensolarada e de calor fora do comum, viram-se numa rodinha na entrada da capela do Cemitério Municipal, quase trinta anos depois de estarem juntos pela última vez. A vida passa depressa, comentou Fernanda. Demais, disse Henrique. Joana, para deixar aquele papo de velório mais leve, começou a lembrar das estripulias do André. Até Rogério, sempre sério, deixou-se levar pela nostalgia com altas gargalhadas. Sentiram-se envergonhados em meio à família e aos próximos do falecido. Joana sugeriu que fossem brindar o amigo das antigas na Rua 24 Horas e, surpreendentemente, todos toparam.

O lugar já não é mais o mesmo. Eles também não. Mas por algumas horas, naquele dia em que lidavam com a finitude, sentaram-se numa mesa que talvez fosse aquela das farras antigas. Já não bebiam as vastas quantidades de antigamente, muito menos no meio da tarde, mas o álcool serviu para refrescá-los e deixá-los um pouco mais à vontade. Estranho como um lugar pode trazer tantas memórias apesar de terem sobrado tão poucas referências. Cada um deles trazia sinais indeléveis das três décadas passadas. Há um descompasso entre o que foi e o que é.

Quase não falaram do André. Havia muito de cada um para compartilhar. Vivências, saudades, angústias. Filhos na terapia, colesterol, perda de cabelo, problemas com dinheiro, divórcios. Poderiam ter ficado horas de papo se não fossem as notificações cada vez mais frequentes em seus celulares convocando-os novamente para o presente. A Rua 24 Horas seguiria ali, guardando aquilo tudo para eles.

A gente precisa marcar mais um desses, disse Henrique retoricamente antes de se despedirem. A gente se fala. Concordaram sabendo que ninguém ligaria para ninguém. O único que ficou por ali, assistindo aos amigos subirem em táxis alaranjados, foi Rogério. Pediu uma Wimi e um pastel de queijo. Sentiu-se, finalmente, privilegiado por não ter o tipo de compromissos inadiáveis dos outros. Quando o sol começou a se pôr, caminhou pela Rua XV apreciando a cidade que tanto gostava. Ninguém perguntou para ele se estava casado, se tinha filhos, quais os seus projetos. Seus alunos da Federal já estavam sentados quando chegou para dar a primeira aula no coração da Praça Santos Andrade.

Foto: Guilherme Pupo

Todo ontem faz um amanhã

João Klimeck

No escurinho do cinema
Chupando drops de anis
Longe de qualquer problema
Perto de um final feliz
- Rita Lee

Ontem encontrei um envelope antigo em cima do armário de vovó Gena. Com a mesma caligrafia de seus cadernos de receitas, li "Maurício" no papel repleto de mofo. Minha vó nunca foi de deixar pontas soltas, o que tem ajudado nesse trabalho já bastante difícil de encontrar com as reminiscências dela em cada cômodo da antiga casa. Mas com Maurício foi diferente.

Pouco ouvi sobre ele. Tinha sido, pelo que sei, algum companheiro dos tempos sem rugas de vovó. Lembro de ouvi-la contar que ele era muito apaixonado pela vida e pelos filmes de Kubrick – de quem eu nunca fui muito fã.

Ali estavam duas cartas e uma foto. Das cartas, só se salvou do tempo um curto pedaço da primeira. Na foto de bordas gastas, viam-se duas silhuetas em frente ao Cine Vitória – cinema de rua que hoje em dia é um prédio espelhado no centro da cidade. Mesmo em silhuetas, consigo saber que ambos estavam sorrindo. O letreiro atrás deles trazia um pouco desse otimismo invariável, que resiste mesmo sabendo que um dia vai ter fim. O Vitória encerrou as atividades dez anos depois desta foto. O trecho da carta era justamente sobre isso.

Nada se compara a um cinema de rua. Esses malditos shoppings centers abocanham os melhores espaços culturais das cidades um a um. A luz do dia que nos cega na saída de uma longa sessão em uma sala escura não pode ser substituída pelas lâmpadas amareladas artificiais de um cinema de shopping. Além disso, a rua convida os transeuntes às exibições. Se a sétima arte tem o poder de comunicar, o cinema de rua tem o poder de ser o auto-falante, o potencializador dessas tantas falas dissonantes que ocupam as projeções em grandes telas brancas. Geninha, vamos ver todos os filmes do mundo juntos. E fazer a Cinelândia viver. E viver. Muito.

Não sei qual foi o rumo do relacionamento dos dois, que acabou assim como o cinema fechou. Talvez tenham assistido o fechamento lento de ambos, espectadores da reescrita que a cidade fez de si mesma.

Nesse meio tempo, outras paixões podem ter crescido e Alfredo, meu avô, pode ter ocupado um espaço maior na vida de Geninha. Gostaria que a vovó tivesse me contado mais de Maurício. O endereço da outra carta indicava que ele estava por perto de Los Angeles, talvez assistindo a filmes semanalmente na meca do cinema. Então, pra mim, do tempo dos cinemas de rua, só restou Maurício.

Nenhum parente de sangue desta geração está vivo. Diante disso, quero acreditar que existe um avô de consideração perdido no escuro de uma sala em terras norte-americanas. Me fazer adotar por um desconhecido conhecido. E, talvez, eu tenha me arrumado para ir ao cinema de rua aqui perto de casa na esperança de encontrar Maurício. Encontrar também um pedaço de vovó.

Além da Cinemateca, o cinema que frequento é o único de rua que restou. Não que seja possível usar esse verbo – restar. O Cine Passeio foi aberto faz só alguns anos e nunca antes tinha sido um cinema. Dos seus irmãos mais velhos, guarda seus nomes e a pulsão pelos filmes. Na época áurea da cinefilia curitibana, no local, funcionou algum órgão da polícia.

Chegando lá, escutei a discussão de um José e de uma Carolina. Aparentemente um casal com opiniões divergentes sobre o filme recém-assistido. A conversa evoluiu para o porquê da mãe de José tratar Carolina tão mal nos encontros de família. Incrível como a arte corta alguns caminhos dentro da gente.

Passaram por mim quando um Nicolas derrubou todo o refrigerante no chão e a mãe dele gritou alto o nome – ao mesmo tempo que Carolina gritou por José do lado de fora. Ela queria continuar brigando. Fui até a fila.

Uma Ana escolheu comemorar o aniversário de cinco anos no cinema. Entrou animada pela porta principal, puxando a mão do pai. Falava alto, quase gritando, enquanto olhava para os nomes dos filmes em cartaz que dançavam na tela de TV. Sumiu e, quando voltou, segurava um saco de pipoca do seu tamanho, abraçada naquele pedaço de papel cheio de grãos de milho. Quase tropeçou no meu pé ao caminho da sala de exibição. Escutavam-se as falas da menina até elas serem abafadas pelas duas portas acústicas do lugar.

Na minha frente na fila, um casal de idosos comprava ingressos para a exibição remasterizada de 2001: Uma Odisséia no Espaço. Pelos bons tempos que vimos todos os clássicos na estreia, escutei um deles comentar. Achei a coincidência engraçada e resolvi assistir ao filme. Mesmo não curtindo muito o diretor. A máquina cuspiu meu ingresso e fui acompanhar Ana, sábia garotinha agora com cinco anos, no bom e velho pacote de pipoca.

Sentei ao lado de Lucas, com seu nome bordado do lado esquerdo da jaqueta. Eu estava guardando os cartões na carteira, o ingresso, tentando me virar somente com as duas mãos, a bebida e a pipoca quando ele me interrompeu:

— Você vai acabar com isso aí, né?

— Desculpa?

— Esse saco de pipoca, você vai comer tudo antes do filme começar?

— Vou sim.
Comi toda a pipoca ainda nos trailers para não atrapalhar a experiência de cinema-arte do garoto que pigarreou durante toda a sessão, tossindo mais alto que os macacos do filme.

Mais atrás de nós, escutavam-se risadas sussurradas de dois adolescentes. Após certo tempo, dava para ouvir o desafinado de um primeiro beijo. Deixei o lugar assim que começaram os créditos.
Enquanto acostumava meus olhos à luminosidade, imaginei o que poderia estar escrito naquela carta apagada. Na possibilidade de ser um veredito final. Ou talvez, somente a constatação que também tive após a sessão. Que o cinema é, acima de tudo, o público.

É a velha história de que, se uma árvore cai no meio da floresta e ninguém está lá para escutá-la, ela pode nunca ter caído. Um filme sem o José, a Carolina, a Ana e o Lucas pode não existir. Sem Geninha e seu companheiro, nenhum dos filmes já feitos ainda perdura.

Atravessei a rua em direção à praça. Ali, ao lado de dois enormes humanos pelados, olhei para cima e vi um monólito de pedra maior que o do filme. Como um indício de que ainda resta mais para saber. Uma fala entre dois tempos. Um resquício de vovó e Maurício.

Foto: Nuno Papp

150

Aula de reforço

Cristovão Tezza

Desceu do ônibus quase na esquina da avenida Batel – região de gente rica, principalmente naquela sequência de três prédios para onde ela estava indo, procurando o número, é ali, o do meio. Pensou que talvez devesse ter vindo com uma roupa menos informal, aquele uniforme de estudante, jeans, tênis azul, blusa branca, laço no pescoço, a pasta com os textos na mão, mas subindo a rampa da portaria se distraiu, bobagem, estou muito bem, mentiu, lembrando da farmácia em que teria de passar na volta. Estava deprimida. Diante do porteiro, sentiu a mesma aflição de sempre. Parece que o meu destino é me identificar em portarias – venho entregar pizzas, e a ideia de que disse isso em vez do "Alice" que de fato confessou acabou por distraí-la. O porteiro falava baixo no interfone – talvez ela fosse recusada e voltasse para a rua sem jamais conhecer o garoto dispersivo (hiperativo? com déficit de atenção?) que precisava de um reforço –, mas o homem levantou-se da cadeira como quem súbito se vê diante de alguém realmente importante, o médico na urgência, o encanador que vai resolver o dilúvio no banheiro, o técnico da TV sem sinal.

— Por aqui, senhora!

Solícito, alcançou a tempo o elevador que subia da garagem e abriu a porta, é no sétimo andar. Ela agradeceu e sorriu do senhora, e deu de cara com um cãozinho que latiu três vezes, um latido fino, agudo, irritante, aliás como a dona, esta sim uma senhora, que gentil, pediu desculpa:

— Perdão, mocinha. Essa menina aqui é muito espevitada! Muito es-pe-vi-ta-di-nha! — Esfregava o focinho no focinho do cão. — Sua bagunceirinha! Fica latindo para as visitas! Que feio!

Será essa a mulher?!, intrigou-se Alice, mas não, no quinto andar ela pediu licença e saiu do elevador. O cãozinho latiu de novo, quase pulando do colo para morder Alice. A porta se fechou e ela ouviu mais repreensões da mãe para a filhinha, que sumiram em fade out até que o sétimo andar se abrisse e uma mulher lhe estendesse os braços, que pareciam enormes.

— Alice! — Parecia uma velha tia vendo a sobrinha cinco anos depois; só faltava dizer como você cresceu, mas chegou perto. — Você é uma gracinha de menina! — E as mãos nos ombros de Alice avaliavam a peça. — Eu não imaginava que você fosse tão nova! — Puxava-a pela mão. — Venha por aqui, vamos conversar.

Atravessou o hall exclusivo cheio de peças douradas, plantas e quadros, e passou pela porta imensa que dava à uma sala igualmente imensa com uma profusão de tapetes, mesas, quadros, poltronas, luminárias, cortinas, tudo muito limpo e sólido, uma prateleira com livros – num relance, viu um vulto que apareceu na moldura de uma porta, e sumiu em seguida. E agora estava sentada diante da mulher, numa mesa de uma outra sala, menor.

— Que bom que você veio. — E sorriam os olhinhos miúdos da mulher, os cabelos vermelhos em torno de um rosto redondo, bochechas gordinhas logo acima de dois queixos discretos sobre um pescoço curto. No sorriso simpático, Alice sentiu o fio de perquirição residual, alguém que ainda precisa se convencer de que de fato está fazendo um bom negócio.

Tímida, Alice restou desconfortável naquele breve momento, em busca do que dizer – a ideia de que provavelmente seria bem paga (na mesa nua, havia apenas um silencioso talão de cheques com uma caneta atravessada, a um palmo da mão direita de dona Sara) contrabalançava-se com a ideia de que aquilo seria muito chato.

— O Eduardo (a gente chama ele de Dudu), o Dudu é muito dispersivo. Rapaz inteligente. — Ela baixou a voz: — É filho do meu primeiro casamento. Você é solteira? Ele...

Seria o vulto da porta? Aliás, com todas as portas escancaradas, o Duduzinho estaria ouvindo a interminável metralhadora. A clássica mãe superprotetora com sentimento de culpa. Isso cansa. Num lapso, Alice lembrou o aborto que fez, sete meses depois de casada, e levantou-se, súbita, olhando para o relógio, ainda tentando ser gentil.

— Dona Sara, eu tenho outra aula às quatro. Talvez a gente deva começar.

— Isso mesmo! — concordou dona Sara imediatamente, levantando-se também, decidida, como se fosse dela a ideia de começar logo. — Faça uma avaliação e conversamos!

De volta à sala maior, ela se viu enfim diante de Dudu, ao centro de uma mesa humilhante de tão pesada e bonita, um de cada lado, como numa conferência da ONU. Um garoto bonito, delicado, inseguro e tímido, as mãos enormes sobre a mesa, pontas visíveis de uma alma ainda incompleta, custou a olhar para ela; quando olhou, ela imaginou ver lá no fundo dos olhos azuis um pedido de socorro, mas isso era só uma transferência do sentimento dela, quando enfim dona Sara desapareceu dali, ainda que deixando todas as portas abertas; não parecia uma casa; parecia um conjunto de salões e corredores. Uma aula particular é uma consulta médica, ela fantasiou – é preciso privacidade. Praticamente cochichavam:

— Eduardo, vamos fazer alguns exercícios, só para eu conferir como você está. Tudo bem?

Percebeu nela mesma o tom quase severo da professora, o breve peso da autoridade que compensa a insegurança diante de uma situação nova. De qualquer modo, sentiu-se bem: estava no seu papel, e era sempre um prazer descobrir alguém pela escrita, o mistério daquelas palavras sofridas em sequência. Cada caso era mesmo sempre um caso, negando o chavão com um clichê.

— Vamos ao trabalho — disse ela, apresentando-lhe uma folha impressa que tirou da pasta. — Junte as duas sentenças em uma única frase, fazendo as modificações necessárias. Primeiro: *O homem fugiu. O casaco do homem era verde.* Segundo: *Estava chovendo. Ele saiu de guarda-chuva. (Use "embora")*

Dudu era canhoto. Enquanto ele escrevia um tanto penosamente – a letra quase ilegível –, Alice avaliou, de ponta-cabeça, enquanto as linhas saíam da caneta esferográfica que ele tentava esmagar com os dedos – ela chegou a ver mais uma vez a cabeça de dona Sara lá adiante, como uma aparição, sumindo em seguida. Talvez ela queira que a gente fale mais alto, para poder nos ouvir. Conferiu o resultado, que o garoto estendeu lentamente, talvez temendo a resposta: *O homem que o casaco era verde fugiu. Embora chovendo, ele saiu sem guarda-chuva.* Ela sorriu, estimulante. Ele não conhece o cujo e não sabe usar subjuntivo. Em duas frases, o retrato inteiro para um estudo de caso. A segunda frase não estava tecnicamente errada, ainda que ambígua. Ficou tranquila: teria serviço para alguns meses. Estavam em abril, o vestibular é em dezembro. Estendeu para ele uma outra folha, com um texto informativo de três parágrafos sobre o desmatamento na Amazônia.

— Leia em voz alta este texto. Eu vou fazer algumas perguntas, a gente conversa um pouco, e então você escreve um resumo usando cinquenta palavras. Tudo bem?

— Você não quer um cafezinho? — a voz da mulher reapareceu lá de longe, alta, como quem chama alguém no outro lado da rua.

— Não, obrigada, dona Sara. É melhor a gente se concentrar na aula.

Uma ligeira repreensão no tom de voz. O rapaz olhava para o texto, sem ler, visivelmente pensando em outra coisa – e então estendeu a mão e pediu licença para conferir de novo as frases que havia escrito.

— Eu poderia usar o "cujo" aqui? Tipo, *o rapaz cujo o casaco era verde fugiu?*

Ela sorriu, animada:

— Sim, é claro; seria o justo. Mas não "cujo o"; apenas "cujo casaco". As expressões *cujo, cuja, cujos, cujas* já incluem o artigo.

— Mas ninguém fala assim. Todo mundo diz a pessoa que o casaco.

Ela sentiu que ele queria marcar território.

— Certo! Mas escreve-se assim. É a chamada língua padrão, norma culta.

— Eu imaginei que a pessoa nessa frase estava falando e não escrevendo.

Ela conferiu nos olhos dele: havia um toque de humor. Apenas uma breve pegadinha, não uma provocação. Sorriu:

— Sim, você está certo. O registro da frase não estava adequado. Que ótimo que você percebeu! Vamos à leitura?

Ele lia razoavelmente bem, com uma voz quase feminina. Atrapalhou-se apenas com uma sequência de orações subordinadas, que teve de refazer para que acabassem em pergunta; e não sabia o que significava diáfano e rotundamente. Ela explicou e sugeriu que ele sempre consultasse um dicionário.

— Eu tenho no computador.

O resumo não ficou bom – ele queimou as cinquenta palavras apenas com o assunto do primeiro parágrafo –, mas o texto estava até razoável: só um erro de concordância (acontece queimadas todos os meses) e outro de ortografia (encontrarão em vez de encontraram). Enfim: estava diante de um caso típico. Já tinha praticamente um curso completo destinado a ele, só venderia a mão de obra – e quando dona Sara se aproximou, uma hora depois, conclamando-a para um café, começou a pensar no preço que cobraria. Súbito, o rapaz desapareceu e ela se viu diante de outra mesa, em outra sala, tendo de decidir entre o chá e o café e mais biscoitinhos variados que uma empregada uniformizada, vinda de lugar nenhum, depositou em uma bandeja, retirando-se em silêncio. Alice começou a se sentir desconfortável, a mão quente da mulher sobre o seu braço, *E que tal o meu filho? Não é inteligente?* Sim, sim, ele é ótimo, ele é muito melhor que a senhora, ela quase disse, e *sabe o que eu ia propor a você, eu achei que ele gostou tanto de você que* – e Alice se serviu de café, apenas café, e escolheu uma bolachinha com uma gota de doce, que parecia apetitosa, e era – que eu estava pensando se; mas se sirva, por favor. Oitenta reais – não, é muito. Se o meu padrão é quarenta, posso pedir cinquenta, talvez sessenta a hora, ela calculou, quem sabe duas, três aulas por semana, isso representaria um desafogo bom enquanto ela – enquanto ela o quê? O café estava bom, forte, e ela deu mais um gole, esperando o momento de encaixar seu preço, mas dona Sara falava sem parar, *sim, sim, eu digo mesmo sair com ele, respirar um pouco outro ar, acho que a minha presença* – ela baixou a voz para confessar – é *um tanto, assim quero dizer, eu intimido, sabe? Ele está nessa fase terrível.* Mas do que essa mulher está falando? – e pegou outra bolacha, sentindo a pontada no pescoço que sempre reaparecia em seus momentos de tensão. Bem, a aula pode ser em outro lugar, é claro, ela acabou dizendo, sem oferecer a própria casa, embora fosse o ideal, não precisaria pegar ônibus, *ir ao cinema, eu digo, temas de redações, tudo isso seria muito bom para ele, escrever sobre a vida,* os dedos quentes de dona Sara como que pediam socorro e desculpa ao mesmo tempo, apertando-lhe suavemente o braço, enquanto a cabeça se aproximava, *isso seria muito bom e vocês ficariam à vontade, compreende? Até na mesa de um barzinho, se fosse o caso* – e colocou a mão na boca, um escândalo envergonhado, *eu acho até que ele é virgem!*, e deu uma risadinha nervosa. Na verdade, ela não quer saber como o filho escreve, surpreendeu-se Alice, a bolacha na boca, como uma ficha que entala, *ele passa o dia no computador e isso não é bom, é... bem, ele precisa ver gente, nem tem namorada, nada, e isso afeta o estudo, é claro. Mais café?* Enfim mastigou a bolacha, lentamente, pensando: oitenta reais e desaparecer por aquela porta para nunca mais voltar. Segurou o impulso de se erguer súbita e sair dali. Viu a mulher estender o pratinho, *experimente esse, de amora, é uma delícia de recheio,* e depois puxar para si o talão de cheques que continuava à vista como uma boia de segurança.

— Pensei em cento e cinquenta a hora cheia, Alice. Está bom para você?

Uma letra rápida e criptográfica preenchia o cheque, quase que antes mesmo de ouvir aquele "sim, mas" tímido e ao mesmo tempo hostil que ela balbuciou tentando articular uma estratégia qualquer que colocasse as coisas nitidamente nos seus lugares para todo o sempre – o que afinal essa bruxa está querendo de mim? *Aqui está o telefone dele, você pode marcar com o Dudu mesmo.* E virou-se para o vulto da empregada que reapareceu no corredor, *Fulana, eles vão entregar o baú daqui a pouco,* e a mulher disse, a voz séria e rouca, *Sim, dona Sara,* e Alice viu-se quase abandonada na sala, dona Sara desculpou-se, *comprei um baú lindo,* e ela agora tinha o que fazer, obrigada, *menina, você é ótima,* um fantasma que troca súbito de script. Levou outro susto ao ver diante do elevador a figura alta e desajeitada de Eduardo, abrindo a porta para ela, e ela temeu que ele descesse junto para acertarem os detalhes, mas não – ele só queria dizer, sussurrando, *Desculpe, minha mãe é louca. Ligue diretamente para mim.* E antes de a porta fechar, Alice viu o vulto de dona Sara reaparecendo adiante, discreta, contemplando a despedida, como quem verifica se tudo correu de acordo.

Dois andares abaixo, o cãozinho latiu de novo de algum lugar distante no espaço. Ela lembrou que teria de passar na farmácia, e abriu a bolsa para conferir se o cheque estava mesmo certo.

Foto: Nuno Papp

As sereias da Praça Osório

Julia Raiz

Ela está sentada no beiral da janela olhando para baixo. Eles iam colocar tela de segurança nas janelas do apartamento, mas desistiram depois do que aconteceu. Ela olha para o centro da Praça Osório, onde cisnes cospem água para cima. A água sobe do bico das aves e cai de novo na fonte enquanto as sereias ao redor, em troca de moedas, concedem desejos a quem passa.

Quem é que passa?

Muita gente. É hora do almoço, a praça está cheia, tem fila nas barraquinhas de comida. Os cheiros se confundem. Um grupo de crianças com uniforme berram, dão tapas umas nas outras, sobem na fonte, fingem que vão saltar, mergulhar de cabeça. Talvez batam a testa no cimento e sangrem.

Selma olha tudo de cima impressionada, algo ruim pode acontecer agora mesmo a qualquer uma dessas crianças. Um corte abrupto na vida saudável. Se algo ruim acontecer, suas mães vão sofrer, talvez nem se recuperem da rasteira e permaneçam no chão em silêncio. Ainda assim, as pessoas da praça continuarão vivendo suas vidas barulhentas, abafando o som da água na fonte.

De costas para a janela, do lado oposto onde estão as crianças, uma mulher tira algo brilhante do bolso e lança na fonte.

A imagem da mulher de costas na fonte faz Selma se afastar da janela.

Nessas semanas de repouso, o período mais difícil do dia é o final de tarde, quando ela não tem mais nada para fazer e ele ainda não chegou em casa.

Apesar de morarem juntos há dez anos, não se casaram no papel e por isso ela se sente estranha quando o chama de marido. É o que ela dizia para ele, que deveriam se casar no papel se ele quisesse ser chamado de marido a sério. Mas agora não diz mais isso, nem de brincadeira. Eles não brincam mais juntos. Ela repousa, ele trabalha e depois volta para casa.

Alguns dias na semana, ele volta mais tarde porque vai para o boxe e volta suado, empesteando a casa com o protetor de cabeça que nunca lava.

Naquela noite, ele voltou com um olho roxo.
Ela se assustou quando ele abriu a porta. Geralmente conseguia escapar das lutas no final do treino, não gosta de bater e gosta menos ainda de apanhar.

O que a assustou foi menos o olho roxo e mais o seu bom humor. Entrou contando da luta, em uma das mãos as coisas do boxe, na outra um saco de pão. Foi para cozinha fazer um sanduíche.

E o olho roxo? Ah, não era nada, nem tinha doído, besteira. Se você acha que eu tô mal, tinha que ver o outro cara, ele riu da própria piada.

Ela se aproximou, conseguiu distinguir o ponto em que a luva do oponente raspou a pele. O roxo no olho perfeito como em um desenho animado. Ela nunca tinha imaginado que aquilo podia mesmo acontecer na vida real, levar um soco tão certeiro e ficar com a cara assim, cinematográfica.

Enquanto ele tomava banho, incomodada pelo cheiro das coisas dele, ela jogou tudo no tanque. Primeiro o protetor bucal, depois a bandagem, as luvas e o protetor de cabeça. Molhou tudo com jatos de água sanitária.

Mais tarde, já deitada ao lado dele na cama, sem tocá-lo, imaginou como seria se ela tivesse coragem de socar alguém na cara. Se ela conseguiria deixar uma marca no seu rosto, se gostaria de fazer isso para arrancar o sorriso que ele mantinha. Um sorriso que, sabia, ele sustentava também para animá-la.

Eu nunca posso tombar, ele tinha dito. Você está mal, eu não posso tombar.

Na noite seguinte, quando ele voltou do boxe contente, ela viu que, além do olho roxo, seu lábio superior estava estourado. Inchou tanto que parecia uma couve-flor. As mãos também estavam machucadas, os nós dos dedos ralados e sangrando. Ela se aproximou, quis passar a mão no seu cabelo molhado, mas em vez disso começou a gritar com ele. Ele riu, narrou a luta com calma e bom humor.

Quanto mais ele se entusiasma com a história, mais ela quer pisar nas suas mãos, bem em cima de onde está sangrando, morder seu lábio de legume até ele começar a chorar.

De madrugada, sem conseguir dormir, ela levanta da cama e encontra a bolsa do boxe esquecida no canto da sala. Ela sente falta das luvas e da bandagem.

No próximo dia, a praça parece ainda mais barulhenta. A água, que nunca deixa de atravessar o corpo dos cisnes e jorrar lá de dentro para cair na fonte, estala em maus pressentimentos.

Ela está esperando, de novo, que a qualquer momento alguma das crianças se machuque, mas elas só comem pastel com a boca aberta e gritam umas com as outras. O adiamento do mal a deixa ainda mais nervosa.

Se acontecesse algo ruim logo de uma vez seria melhor do que esperar. Lembra do sangue escorrendo pela perna, do cheiro de prego, um nó se desfazendo dentro. Lembra de ter que aprender palavras médicas que explicavam o que tinha acontecido. E o apoio dele ali, firme e total.

A certeza dele de que a vida se recuperaria mais para frente, que poderiam tentar de novo, como tinham antes. Ela lembra disso e pensa no olho roxo, na sua boca inchada, nos nós dos dedos como se fossem partes de pessoas diferentes e não partes de um corpo só. O corpo que dormia com ela há anos.

À noite, ele chegou em casa mais uma vez entusiasmado. Ainda que mal conseguisse se manter ereto, por causa das costelas machucadas dos dois lados. O corte na boca tinha aberto de novo e parecia infeccionado.

Selma se sente tonta, não consegue acompanhar a história da luta. Você tem que ir para o hospital. Não é nada, você precisa ver como o outro cara ficou, repete a piada. Os dois se olham, nos olhos dele nem medo, nem raiva, nada. Ele mastiga o pão bem devagar esta noite, por conta do maxilar deslocado.

Quando ouve o chuveiro, ela abre a bolsa do boxe. Não encontra as luvas, a bandagem e, dessa vez, nem o protetor bucal. Procura pelo apartamento inteiro, dentro das gavetas, debaixo da cama, até dentro do armário da cozinha.

Onde estão suas coisas do boxe? Ela perguntou enquanto ele se secava com dificuldade por causa da dor nas

166

costelas. Não sei, disse inocente. Selma chorou mais por ela do que por ele e não dormiu.

Durante o dia, ela anda de um lado para o outro diante da janela, sem conseguir tirar os olhos da fonte, das sereias sentadas sob rabos de peixe com os seios expostos. À noite, ele entra em casa segurando a bolsa do boxe vazia, está péssimo. O olho roxo, a boca inchada, os supercílios altos e sangrando, anda meio torto e respira com dificuldade. Mesmo assim, mantém um bom humor delirante.

Sentado de frente para ela, ele sorriu, como faz todas as outras noites, só que dessa vez não tinha mais um dos dentes da frente.

Ela não grita como nas últimas vezes, em vez disso se pendura no pescoço dele pedindo por favor para ele tombar, para ele deixar o ringue, para ele se deitar com ela no chão e chorar. Para que pudessem, finalmente, ficar tristes os dois juntos, depois levantar mesmo que nada de bom acontecesse de novo.

Ele continua enfeitiçado, o rosto de homem adulto e a falha nos dentes da frente, infantil.

De madrugada, tinge o travesseiro de vermelho.

Ela acorda com o sol alto entrando pelo quarto.

Da praça, chega o barulho agitado do almoço, as crianças voltam a subir no chafariz, ameaçam cair de cabeça. Os cisnes voltam a cuspir água para cima, molham o cabelo de pedra das sereias. E são as sereias que fazem ela se lembrar da mulher de costas, jogando a moeda, fazendo o pedido à fonte.

Então, Selma desce correndo as escadas do prédio, atravessa a Praça Osório até as sereias e se lança na água rasa, tentando recuperar sua moeda perdida, lançada em um dia de raiva, tentando desfazer o desejo de ver ele sangrando.

Foto: Nuno Papp

Santa Felicidade

Giovana Madalosso

Há um portal na Avenida Manoel Ribas. Quando passo por ele, consigo escutar os cascos do cavalo que puxava a carroça da minha nona em direção à cidade, onde ela ia entregar as roupas que costurava para fora. Eram dias bons, podia fugir um pouco de seu universo delimitado de um lado pelo parreiral, de outro pela máquina de costura. E ainda voltava com dinheiro para comprar doces para os filhos, que lhe esperavam com o nariz grande farejando o açúcar.

É um desses meninos, agora homem feito, que também escuto ao passar pelo portal. Na verdade, o que escuto é o ronco de seu carro, passando pela avenida em direção à cidade como passava a carroça, indo buscar louças para seu pequeno e recém-inaugurado restaurante. Tinha o pé pesado, o narigudo. Talvez fosse a pressa de deixar para trás a pobreza. Numa dessas viagens, ele não freou a tempo. Levado para o hospital, teve que ser operado. O cirurgião fitou seu nariz: será que não aproveitamos e já fazemos uma plástica? Uns dias depois, meu pai saía do hospital são e salvo e com um novo nasone.

Eu carrego o nariz que, nele, o cirurgião apagou. Com minhas narinas crescidas, dirigindo um carro que ganhei ao passar no vestibular, também acelero por essa mesma avenida. Me escuto passando pelo portal, cantando com o som no último volume. O restaurante do meu pai deu certo. Não preciso costurar para fora, não preciso amassar uvas, não preciso fugir da pobreza, não preciso conquistar clientes, mas algo também me impele a ir, uma vontade de ganhar o mundo, aquele que minha nona não pode porque fraldas, porque marido. Aquele que meu pai não pode porque clientes, porque filhos.

Vou longe e só retorno vinte anos depois, um dente lascado, uma saudade da velha polenta. Na mochila, trago os livros que escrevi. No banco de trás, uma criança com aquele nasone. Ao passar pelo portal, digo para ela: escute, filha, escute os cascos, a carroça da sua bisa, os pneus do seu avô. Ela ainda não consegue, ela ainda vai descobrir. Foi para isso que voltei: para que saiba quem somos.

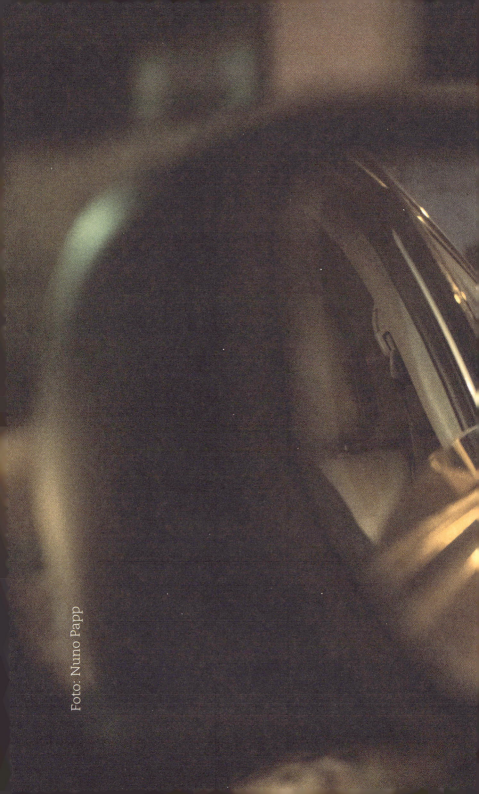

Foto: Nuno Papp

Natal Luz

Marcos Piangers

A história aconteceu no Natal de Curitiba, faz uns cinco anos. Curitiba fica linda no Natal, é uma dessas cidades que tudo parece mágico no final do ano. Projeções, shows, coral cantando em prédios antigos do centro, tudo fica espetacular. Eu nunca tinha conseguido ver um show de Natal em Curitiba, trabalhava no shopping até tarde. Mas não aquele ano. Eu tinha pedido demissão, meu filho tinha acabado de nascer, e agora eu fazia o meu horário no Uber. Minha esposa ainda reclamava – eu trabalhava demais e não via o pequeno crescer –, mas quanto mais trabalhava, mais eu ganhava, então eu vivia na rua. Naquele Natal eu estava dando de presente pra mulher a noite de folga e o show do Palácio Avenida, que ia apagar meu ano ausente.

Minha ideia era trabalhar até quatro da tarde, pegar a patroa com o piá em casa e tocar pro centro, ver o show de Natal. Era umas três da tarde, o movimento estava fraco e eu já estava pensando em fazer a última corrida, tiriri, o aplicativo chamou, 36 reais. O rapaz devia ter a minha idade, cabelo raspado, cheio de tatuagem. Na hora que ele entrou senti um vento gelado. Era uma viagem até uma rua que eu não conhecia no Cajuru; o cara ficou quieto o tempo todo. Chegando perto do destino, pediu pra virar em uma rua esquisita. "Aqui corta caminho. É logo ali", ele disse, apontando pra rua asfaltada do outro lado daquela viela de barro. Não gostei, a rua era estreita, de terra, cheia de buraco e poça, dois muros de construção. Entrei na rua devagarzinho e não deu outra. Senti o cara segurar minha testa com a mão esquerda e com a outra meter a faca no meu pescoço. Falou pra passar todo o dinheiro, entreguei o maço, ele disse pra eu dar mais, peguei debaixo do banco um bolo de nota de dez e vinte. Uns duzentos contos. Ele abriu a porta e saiu correndo. Afobado, corri atrás, mas quando o vi entrando num bequinho, não tinha o que fazer, não ia deixar meu carro largado lá, todo aberto.

Peguei o carro, desliguei o aplicativo e toquei pra casa. Peguei a patroa e o pequeno. Quando o moleque entrou no carro já falou: "Pai, o que é isso?". Me mostrou uma carteira preta que estava caída no chão. Não tinha dinheiro nela, mas tinha um monte de papel, nenhum documento, um recibo de compra do Condor, não tinha nome nenhum, uns papéis com umas anotações em caneta. Então, achei uma conta da Copel com o endereço lá na Vila das Torres, no nome de uma mulher. "Vou deixar vocês no show e vou na delegacia ver isso", eu disse. Minha mulher ficou indignada. Disse pra fazer isso outro dia, que hoje era Natal. Começou a mesma ladainha de sempre (já sei de cor), que ela tinha confiado em mim, que eu vivia trabalhando, que qualquer dia ela ia embora e eu ia acabar sozinho. "Velho e sozinho", disse. Meu sangue ainda estava quente, me lembrava do lazarento com a faca no meu pescoço, eu queria pegar aquele safado. Deixei mulher e pirralho na XV de Novembro com a Floriano. Já estava tocando a primeira música. "Felicidade é viver em sua companhia", as crianças cantavam. Deu pra ver as luzes e os dois desaparecendo na multidão.

Desci a Dr. Muricy, tudo parado, demorei uns vinte minutos pra fazer dois quilômetros até a delegacia do Rebouças, na Avenida Iguaçu. Expliquei a história toda pro rapaz da mesa, o cara preencheu um relatório, demorou dez minutos. Disse que o cara que me assaltou devia ser um viciado, "um zumbizão", e disse que eles até podiam investigar, mas provavelmente não ia dar em nada. Falou que nem tinha como ajudar naquela hora, noite de Natal, o efetivo disponível é pouco. Cada vez que eu via que não ia recuperar meu dinheiro nem dar uma surra naquele desgraçado, mais puto eu ficava. Voltei pro carro, passei papelzinho por papelzinho da carteira do cara. Não encontrei nenhuma pista. Peguei a conta de energia da Copel e vi o endereço. Vou lá, pensei. Ficava perto. Silva Jardim, Viaduto Colorado, virei à direita na Baltazar Carrasco e à esquerda na Josefina Zanier. Estava começando a escurecer. Virei na Pedro Costa Cunha, depois na primeira à direita, daí vi a bobagem que eu estava fazendo. Aquela região é complicada, muito morador de rua. Chamavam de Vila Pinto, ou Vila das Torres. De cara já vi viciados em crack, carrinho de catar papelão, uns caras olhando feio pra mim. Uma mulher toda suja ficou me encarando e percebeu na hora que eu estava perdido. Apareceu do nada um cara sem camisa batendo no vidro, "eeiiiiii", ele falava, meio me chamando e meio comemorando o idiota que entrou ali com um Onix recém lavado.

Tentei dar uma ré, mas um cara e uma mulher pararam atrás do carro gritando alguma coisa pro cara sem camisa. Pensei em acelerar pra frente, mas a luz do farol pegava uns metros adiante, uns colchões com uma família, mulher e um cara com um bebê no colo e umas crianças correndo. O homem sem camisa pedia pra abrir o vidro. Peguei o papel com o endereço que eu procurava, comecei a abaixar o vidro devagar, pra ver se o cara ia fazer algo. Me dirigi ao homem sem camisa: "Opa, amigo", eu disse. "Você sabe onde é a rua Osíres de Brito, número…". O homem não me deixou terminar e já estendeu a mão pela janela do carro. "Primeiro lugar, muito prazer, Hamilton", ele disse. Apertei a mão. "Preciso achar a senhora Saverina… Freita Cunha", eu disse, lendo a conta da Copel.

Hamilton então gritou pro casal que estava deitado no colchão a alguns metros na frente do meu carro se eles conheciam alguma Severina. Tentei corrigir, o nome era Saverina, com a. Ele voltou a gritar três vezes, "Saverina! Saverina! Saverina!". Atrás do carro já estavam agora umas cinco pessoas, conversando escoradas na lataria. Hamilton levou o papel para o outro lado da rua, onde dois homens conversavam. O que se seguiu por alguns segundos foi um telefone sem fio, todos perguntando pra todos se alguém conhecia alguma Saverina. "Qual é mesmo o sobrenome?", perguntava um. "Deixa eu ver esse papel", pedia outro. Até os que não sabiam ler fingiam muito bem, apontando para um lugar qualquer no papel e soletrando "Sa... ve... ri... na".

Hamilton voltou até o carro e disse: "Vem comigo". Saí do carro reticente e, trancando a porta perguntei: "É seguro deixar aqui?". Hamiltom respondeu de costas, já andando pra dentro de uma rua escura: "Claaaarooo", e não percebi se falava sério ou irônico. Subimos por um beco e viramos em uma rua de asfalto, depois em outro beco e em outra rua vazia. Por um tempo as crianças nos seguiram, depois desapareceram. Hamilton andava na minha frente, um metro ou dois, quieto, com a conta da Copel na mão. No meio da rua ele achou outro beco, e dessa vez era um beco sem saída. Estávamos apenas eu e Hamilton e tudo era escuro e silencioso.

Hamilton me levou até o fim do beco. Uma casa de madeira pintada de azul, com um portão de ferro na frente. Parecia uma garagem ou algo do tipo. "É aqui", ele disse. Me entregou de volta o papel onde estava o endereço. "Saverina?", gritei, hesitante. Olhei pra trás e Hamilton se afastava. Nesse momento pensei em fugir. "Saverina?", gritei baixo, desistindo.

Neste momento, uma senhora muito idosa e magra abriu a porta e a primeira coisa que percebi nela, depois da magreza, é que era cega. "Sandro!", ela gritou. "Sandro, Sandro, Sandro, Sandro...", ela repetia vindo abrir o portão, tateando até achar o cadeado. Com as mãos sentiu meu rosto, repetindo o nome que não era meu. Abraçou-me e começou a chorar. Repetia: "Sandro! Sandro! Aleluia! Sandro, meu filho.

Aleluia". Me trouxe pra dentro da casinha dela, uma meia-água com um sofá encardido, uma estante, uma TV e uma geladeira. Tinha um calção sujo no chão, roupas e um cobertor velho. Olhei ao redor tentando entender se aquela senhora era parente do cara que me assaltou. A senhora me pegou pela mão, me conduziu até o sofá e começou a gritar "A-LE-LUIA! A-LE-LUIA!", assim mesmo, separando as sílabas. "Eu pedi AGORA pra Deus, ó Glória", ela disse, "pra ele trazer meu filho de volta pra mim nesse Natal, Sandro! Sandro, Sandro, Sandro, Sandro, A-LE-LUIA!", e foi até a geladeira. Apalpando tudo lá dentro, tirou um bolo de laranja desses que vende em supermercado.

Na televisão passava o Jornal Nacional. Eu não queria dizer praquela senhora que o filho dela era um safado, que rouba dinheiro de trabalhador pra comprar droga, que ele provavelmente estava naquele momento fumando crack ou bebendo, e que talvez o único resto de dignidade daquele desgraçado era ainda pagar a conta de luz da mãe. Eu só queria sair daquela quebrada vivo, aquela casa fedia, tudo era sujo. Ela disse: "Come, come, come", partindo o bolinho com a mão e me dando metade, e tudo o que ela falava dizia depois "A-LE-LUIA". Enquanto comíamos, me contou da igreja, do pastor, de como Deus é bom. Ela comia, me contava de tudo o que estava acontecendo na igreja, das pessoas que levavam ela, do agradecimento que tinha por saber que o filho está bem e trabalhando. "Sandro, Sandro, Sandro! Só me sobrou você, filho". Disse que orava todos os dias por mim, quero dizer, pelo Sandro. E que eu fosse um bom homem e iria encontrar uma esposa, quem sabe formar uma família.

Na televisão passou a cobertura dos shows de Natal, mostraram o Passeio Público iluminado, o Parque Tanguá, reluzente, o show do Palácio Avenida. Pensei na mulher e no piá lá, no meio da multidão. O apresentador do jornal disse que iam encerrar o programa com o show de Natal de Curitiba. "Papai Noel, vê se você tem, a felicidade, pra você me dar", cantavam as crianças na televisão, e a senhora cega do meu lado balançava a cabeça, de mão dada comigo. Ela deitou no meu colo e adormeceu. Pensei em tudo o que tinha dado errado pra eu estar ali naquela casa na noite de Natal. Pensei no idiota que eu vinha sendo, nas noites e dias que eu deixava de estar com meu próprio filho, em como deveria me sentir grato e abençoado pela minha família e pelo teto confortável que a gente tinha. Pensei em tudo o que tinha dado certo pra eu estar ali naquela casa na noite de Natal. Deixei-a dormir por alguns minutos, depois me retirei cuidadosamente. Saí pela porta e quando fui fechá-la devagar, ouvi a senhora Saverina dizer: "Feliz Natal, meu filho".

Depois daquele dia, já faz uns cinco anos, nunca mais trabalhei de noite, nunca mais faltei em um aniversário do meu pequeno, coloco ele pra dormir toda noite. Todo feriado, Dia das Mães e tal, levo uma cesta de presente pra Dona Saverina. Vamos eu, meu filho e minha esposa. Ela trata meu filho como se fosse neto dela, minha esposa como se fosse a nora. Parou de me chamar de Sandro. Me chama de "meu filho". É por isso que essa aqui é a minha última corrida do dia, senhora. Hoje à noite tem o show de Natal no Palácio Avenida. Minha família nunca perde uma apresentação.

Foto: Nuno Papp

Tourada

Thiago Tizzot

As filas se alongavam até perder na vista, os ônibus chegavam para levar as pessoas, mas era como se nada acontecesse, pois as filas seguiam sem diminuir. Fim da tarde, o lugar virava um caos. Pessoas, carros, ônibus, motos e bicicletas disputavam o mesmo espaço, querendo sair dali o quanto antes e chegar em casa para um descanso. Um respiro.

E no meio disso tudo, uns poucos, talvez afortunados, estavam sentados tranquilamente em suas cadeiras de plástico observando a correria. Bebiam cerveja quente em pequenos copos de vidro.

— Uma tourada?

— Sim, ali, ali. — O velhinho apontava para o teatro.

— Você tá maluco tiozinho, como ia ter uma tourada aqui?

— Foi meu vô quem emprestou um boi da fazenda

para o evento. — Bebeu num gole a cerveja choca no copo. — Assim foi.

— Uma tourada com um boi? Conta outra.

— Boi, touro, o importante é o chifre.

— Falou o corno — emendou um sujeito no balcão que não tinha os dois dentes da frente.

— Ah, cale sua boca. — Ele se levantou e puxou a calça larga que ameaçava cair. — Tem até uma foto do evento, é só procurar no teatro. Pindura essa — ele gritou para o sujeito sem dentes antes de sair. — Espera aí. — Ele correu até a porta. — Onde tá a foto?

— E eu lá que sei. — O homem tinha perdido a paciência ou a bebida finalmente fazia efeito. — Mas me falaram que tem.

O velhinho saiu pela calçada meio cambaleando, mas decidido. Os carros enchiam a rua e os pontos de ônibus seguiam entupidos. Ele ficou em pé, sem entender direito o interesse repentino naquela história.

— Que figura! É cada um que aparece aqui.

— Só maluco, mesmo. — Ele voltou para a balcão e terminou a cerveja num gole só. — Bom, vou indo ou me atraso para o ensaio.

— O que estão tocando?

— A porra do Strauss.

— Johann?

Confirmou com um aceno.

— Boa sorte.

Sem conseguir evitar, revirou os olhos — odiava ter essas reações que pareciam saídas de filmes. Eram de uma breguice, e ele achava que as pessoas pensariam que ele era previsível. Sempre lembrava de uma colega, cabelo curto e escuro, olhos agitados atrás dos óculos. Qualquer coisa que falavam ela reagia de forma exagerada, caricata. Parecia um desses memes que fazem sucesso durante vinte e sete segundos. Deixou o boteco valsando para desviar das pessoas e do caos.

Na frente do teatro, admirou o tamanho do prédio; era enorme, a fachada tinha um mural colossal. Sempre gostou do traço do Poty, antes espalhado por todo lugar, mas o tempo foi desgastando, tirando seus desenhos da memória da cidade. Aquele da entrada do teatro era de concreto, resistente e firme, para durar e ficar na memória da cidade mesmo que ela não fosse lá muito simpática com a arte.

Olhou para a praça e as enormes árvores, talvez as últimas testemunhas do evento que o tiozinho falou. Precisava de mais detalhes. A ideia de que ali era um gramado e que alguém teve a ideia de fazer uma tourada era absurda, e isso o atraia de uma maneira que ele não sabia explicar.

Pensou no silêncio, na falta de construções e na vastidão que aquele lugar era. Imaginou as pessoas chegando, não para assistir à tourada, mas provavelmente para ver o maluco que organizava tudo aquilo quebrar a cara e ser o assunto da cidade. Se bobear a tourada deve ter sido um sucesso de público. Por outro lado, se tanta gente veio ver, por que ninguém nunca falou sobre isso? Deveria ser uma história da cidade, quase folclórica.

A coisa o atraia cada vez mais.

Entrou no teatro pela porta lateral – passava quase tanto tempo ali quanto em casa, mas nunca entrava pela porta principal. Quase um intruso. O ensaio hoje era no palco, quer dizer, no fosso, o lugar que você está quase lá, no palco principal, mas ninguém te vê.

Enquanto andava pelas escadas curvas e corredores compridos, não conseguia não espiar nas paredes para ver se encontrava a tal da foto. O caminho era labiríntico diziam – a primeira vez que entrou ali se sentiu totalmente perdido, escadas, portas e corredores eram iguais e não conseguia identificar ou criar alguma forma de referência.

Agora era outra história, a sua própria história tinha criado referências, naquela sala ensaiou pela primeira vez. Errou quase tudo, mas sobreviveu. A viradinha da escada que caiu e virou o pé. Tocou Villa-Lobos com uma botinha acolchoada. Naquela porta se apaixonou, na outra se decepcionou. Trocado por um oboísta.

Mas nada de tourada. As paredes eram repletas de fotos dos espetáculos, dos ensaios e das aulas que aconteciam no teatro. Mas tourada nunca tinha visto. Percebeu que não tinha nenhuma sua, não um retrato ou algo especial dando destaque para ele, poderia ser uma geral com todo mundo. Daquelas que você fica olhando os rostos, nada mais que pequenos pontinhos, e espreme os olhos para se reconhecer. Nada.

De repente estava no palco. Sempre lhe assombrava essa coisa de estar nos bastidores e em dois passos, num instante, estar no palco. No centro, com todas aquelas cadeiras vazias voltadas para você. Assim, sem preparação ou aviso, e todas as atenções eram suas. Gostava daquele lugar.
Cruzou o palco com passos rápidos, no centro, claro, uma pequena encarada na plateia que só existia na sua imaginação. Voltou às sombras dos bastidores, uma pequena escada e estava no fosso. Escondido.

Enquanto os outros chegavam, ele ficava tentando lembrar se já tinha visto alguma foto de tourada. Claro que não conseguia lembrar de todas as fotos, eram muitas, mas imaginava que se tivesse alguma sem nenhuma ligação com o teatro, marcaria a sua memória. Mas nada aparecia, cada vez mais se convencia que a tourada era algo impossível. Examinou a partitura a sua frente. Mesmo se a pessoa não entendesse de música, só de ver, dava para perceber que a música era tediosamente repetitiva. Respirou profundamente, seria um fim de dia difícil.

— Animado para hoje? — O pior era isso. Seu vizinho era um grande fã de Strauss.

— Hoje eu vou mandar aquela variação no compasso trinta e sete.

— Ah, que legal. — Todo ensaio era essa conversa sobre a variação, que, honestamente, ele não conseguia ouvir nenhuma diferença.

— Eu andei pesquisando, sabia que o pai do Strauss era seu grande concorrente — o sujeito se animou —, e durante uma revolução que teve por lá o Strauss quase foi preso? Ele se juntou aos revolucionários, por tocar música subversiva. Consegue imaginar viver assim?

— O que será que ele tocou para ofender o pessoal? — Ele sabia, acho que todo mundo ali sabia, mas fazia esses pequenos favores.

— Você não vai acreditar. — Chegou um pouco mais perto, talvez imaginando que estivesse fazendo algo errado e as autoridades vienenses pudessem aparecer a qualquer momento para prendê—lo. — A *Marseillaise*.

Esperou pelo impacto dessa revelação e ela veio. Um arregalar de olhos digno de novela das oito.

— Rapaz, que loucura. — A ironia valsando por entre as palavras.

Percebeu que estava indo longe demais. Precisava encontrar alguma desculpa para acabar a conversa. Se não faria algo que poderia se arrepender. Depois do incidente com o oboísta, tentava manter uma relação amistosa com todos, mesmo que na aparência.

— Sim, eram tempos agitados aqueles em Viena, mas depois que o pai...

— Uma tourada — ele interrompeu o outro. — Você já viu alguma foto de tourada aqui no teatro?

— Como assim? Alguma ópera? — questionou enquanto montava sua flauta. — Fizemos Carmen uns anos atrás, mas não sei se tiraram fotos.

Putz, claro. Ele tinha esquecido de Carmen. Escamillo. Gostava de Bizet. E a história ficava mais interessante a cada segundo. O barulho das banquetas ecoou pelo teatro vazio. Todos tomaram seus lugares, agitados, mas ordenados. Em segundos, o caos virou ordem absoluta. O maestro chegou. Todo mundo relaxou, era só o assistente.

— O maestro teve um pequeno problema e vai atrasar uns quinze minutos.
Muxoxos se espalharam pelo fosso, como pequenos vaga-lumes que aos poucos iluminam o gramado. Na última vez que o maestro atrasou quinze minutos foram quase duas horas de espera.

— Bar! — gritou um dos violinistas.

Alguns atenderam ao chamado e um quarto das cadeiras ficaram vazias. Ele decidiu que seria um bom momento para procurar pela foto. Carmen era uma boa pista, precisava apenas decidir o que fazer com aquela informação.

— Meu deus! — A menina de cabelo curto e óculos se chacoalhou como se estivesse derretendo e sentou no chão. Sempre o exagero. Quando percebeu que ninguém deu bola para seu pequeno drama, saiu com passos apressados por uma pequena porta nos fundos.

Não lembrava de ter usado aquela porta antes. Pensando bem, nunca tinha reparado que existia uma porta ali. Onde ela poderia dar? Novos corredores eram uma ótima oportunidade para encontrar a foto. Decidiu ir atrás da menina.

A porta na verdade era uma chapa de madeira pintada de preto que corria para o lado. Levava a um corredor estreito com algumas lâmpadas penduradas que iluminavam apenas o suficiente para você não tropeçar.

Logo você chegava a um dos corredores normais, por assim dizer, os que se usam todo dia. Porém, ele não tinha a menor ideia de onde estava. Procurava por alguma referência, mas tudo parecia igual. Teve sorte de ver a menina descer a escada.

Passaram por dois andares e a luz e as janelas foram sumindo. Uma penumbra se espalhava pelos corredores e escadas que ficavam mais estreitos. Costumavam dizer que os bastidores do teatro eram um labirinto. Ele teve essa sensação uma ou duas vezes só, no início, depois nunca mais. Acreditava que para se estar em um labirinto era preciso se sentir perdido, hesitar diante de cada nova opção de caminho que aparecia. Para ele o teatro sempre foi um lugar seguro, não tinha medo de errar o caminho ou acabar em um destino diferente do que desejava, pois sabia que daria um jeito.

O teatro, e a música, dava essa segurança. O teatro era quase como a forma concreta desse sentimento que existia, mas não existia. Era frágil e poderia ser perdido a qualquer instante, mas o teatro e seus corredores, escadas, o palco e o fosso traziam uma concretude, uma realidade para aquilo tudo. O teatro era sua vida.

E foi no teatro que encontrou um rumo para sua vida, não se sentia mais perdido, então, apesar de não saber seu destino, para onde a menina o levava, não estava perdido. Era uma sensação estranha, mas que ele gostava de ter.

De repente, a madeira do piso ficou familiar, era a mesma das coxias, e percebeu que estavam embaixo do palco. O lugar era amplo, provavelmente do tamanho do palco, e no centro estava o que parecia ser uma gaiola. Não ocupava todo o espaço, mas também não era pequena. Seu interior era uma confusão de cores, plumas e caixas.

Enquanto a menina conversava com uma senhora e deixava o lugar por uma outra porta, compreendeu onde estava. Um depósito. Figurinos, adereços, objetos de cena, uma infinidade de coisas de anos e mais anos de espetáculos.

Se a foto estivesse em algum lugar, com certeza esse era o lugar.

O que não conseguia entender era o porquê das grades – era inevitável pensar em uma prisão. Toda aquela cor e ideias presas em uma gaiola. Era no mínimo curioso ter isso em um teatro. Na porta, uma pesada mesa de madeira barrava a entrada. Atrás do móvel estava a senhora. O cabelo cinza preso em um coque, os óculos se equilibrando na ponta do nariz. E um batom de um vermelho vivíssimo. Procurou por uma outra entrada, mas aquela parecia ser a única – como a senhora entrava? Não conseguia imaginar ela passando por cima da mesa.

— Procura a minha filha? — a voz era arranhada, rouca pelos anos de cigarro.

— Quem? — Ele se assustou. — Não, não, estou só olhando.

— Acha que aqui é alguma loja por acaso? Só olhando... cada um que me aparece.

Ele ainda tentava entender como o lugar funcionava quando ela levantou uma parte do tampo da mesa e, com um aceno, indicou a passagem.

— Ahhh, tá. — Ele se sentiu um bocó.

— Pronto, agora que passamos disso, o que você faz

aqui?

— Eu estou procurando por uma foto.

— Foto? — Ela abriu uma gaveta e pegou um cigarro, colocou na boca e acendeu. — Guri, o que você está fazendo aqui de verdade?

A fumaça era densa, da cor do cabelo da senhora.

— Ouvi dizer que antes de construírem o teatro fizeram uma tourada nesse lugar e que existe uma foto que prova essa história. Estou atrás dessa foto. — Achou que ia levar um tapa da mulher, mas ela apenas fez sinal para que ele passasse pelo vão da mesa e entrasse.

— Pode procurar. Mas se eu souber que você roubou alguma coisa, encontro você até no inferno.

Antes que ela mudasse de ideia, atravessou a fumaça e foi em direção à uma arara com uma capa vermelha pendurada. Talvez um sinal. Mas passando pelos cabides percebeu que eram o figurino do Quebra-Nozes.

O lugar era uma bagunça, caixas empilhadas, coisas soltas, nenhuma forma de etiqueta ou organização por espetáculo ou cronológica. Seria uma baita sorte encontrar qualquer coisa. Muito mais uma coisa que talvez não existisse.

Vestidos brancos, vermelhos, azuis, pendurados até onde se podia enxergar. Uma enorme cabeça da Fera e um balde cheio de celulares de brinquedo eram algumas das coisas que ele encontrou. Nada de Micaela ou Escamillo, muito menos de foto. Logo teria que voltar, o ensaio deveria estar para começar. Sentiu-se um idiota, enganado pela conversa de um tiozinho bêbado. Claro que não existia a foto.

Estava reunindo coragem para encarar o humor da senhora na saída quando viu uma moldura apoiada na grade. Estava no canto, quase caindo para fora. Se esticou por entre alguns doces de isopor e pegou o quadro.

195

Uma foto, se é que realmente era isso. Estava amarelada, com buracos de traça e até marcas de queimado nas pontas. O teatro passou por um incêndio que quase destruiu tudo. A imagem estava tão desgastada que era impossível dizer o que se estava vendo. Observou uma mancha escura que poderia parecer um touro, ou melhor dizendo, um boi. Também parecia reconhecer uma das árvores altas que existia ao lado do teatro, que dava umas flores amarelas em certo período do ano. Mas já não sabia se via essas coisas porque queria ver ou porque estavam lá.

Não sabe dizer quanto tempo ficou olhando para a foto, queria muito dizer que segurava a prova de que um dia naquele mesmo lugar um maluco teve a ideia de fazer uma tourada, emprestou um boi e chamou o povo para ver. Mas não tinha coragem, precisava ter certeza, ou não conseguiria viver com aquela pequena mentira. Mas talvez...

Os primeiros acordes ecoaram pela gaiola. O maestro chegou.

Foto: Nuno Papp

Seis e treze da manhã

Laís Graf

Recebo uma patada leve nas costas. Finjo que não senti, pode ser que assim ele desista e volte a dormir mais um pouco. Não adianta. O empurrão delicado se transforma numa série de pancadas que não me dão alternativa a não ser me levantar. Coloco sobre o pijama o primeiro moletom que encontro e sigo o cachorro até a porta. Cebolinha só sabe fazer as necessidades fora de casa.

Seis e treze da manhã. Confiro o horário na tela do celular antes de abrir a grade do portão. Há alguns meses, quando adotei o pet, achei que seria uma boa ideia treiná-lo assim. Nada de ter que ficar catando merda pela sala de estar, nem comprando fraldinha para xixi. Tenho uma amiga que corre com o cachorro pela canaleta do biarticulado. Decidi que faria igual, usaria o Cebolinha como pretexto para começar a me exercitar. Mudei de ideia antes mesmo de pagar a terceira parcela do tênis.

Quando eu era criança, o inverno em Curitiba era muito pior. Íamos de luva e cachecol para a escola. Juntávamos os dedos indicador e médio na frente da boca, tragando o invisível e soltando uma baforada de vapor, mas só conseguíamos imitar os nossos pais fumantes quando o amanhecer era bem frio. Hoje em dia só temos direito a uma, no máximo duas semanas, com manhãs geladas na capital. Mesmo assim, a cidade está vazia. É sábado de manhã. Caminho em direção à Praça da Espanha sem encontrar ninguém na rua, só os rastros de quem se divertiu: copos de plástico, canudos amassados e rodelas de limão escapando da lixeira abarrotada em frente ao bar. Cheiro de cerveja derramada. Quando foi que eu deixei de ser a pessoa que fuma cigarros de verdade com os amigos na sexta-feira à noite?

Cebolinha me puxa. Ele gosta muito de mijar para os lados de lá do Farol do Saber. É urgente que eu reeduque esse cão. Que desperdício de tempo, que desperdício de sono andar por Curitiba tão cedo assim num final de semana! Solto a guia do cachorro ao chegarmos perto dos parquinhos. Ele começa a correr igual a um cabrito e eu sento num dos bancos.

Um caminhão de lixo se aproxima da praça, devagarzinho. O motorista para na frente de cada um dos bares e espera até que os coletores saltem da traseira do veículo e recolham os sacos pretos carregadíssimos. Os resíduos são jogados na caçamba e os rapazes assobiam. O condutor acelera, mas na sequência precisa parar no sinal vermelho. Ele podia furar o semáforo sem problemas, não tem ninguém na rua. Fedor de chorume que invade as narinas. O sinal abre e o motorista começa a dirigir. A parte de cima do caminhão cutuca a copa de um ipê na calçada, soltando dezenas de flores do galho. Uma chuva de pétalas amarelas cai nos paralelepípedos.

— Que cena bonita — uma voz masculina ressoa atrás de mim e eu me viro, assustada, para ver quem é. Um homem aponta para as plantas que acabaram de pousar no chão. Com a outra mão, segura uma coleira. Ele pergunta se pode sentar ao meu lado e eu faço que sim, com o coração ainda acelerado. Ele solta a guia de seu cachorro, que corre ao encontro de Cebolinha.

— Acordar cedo tem o seu lado bom — ele continua puxando papo. Aprecio meu cachorro brincando e as flores na rua e o dia começando a clarear. Quem sabe ele esteja certo.

Os escritores

Ana Cardoso é autora do best seller A mamãe é rock, do romance premiado A mulher que atravessa a ponte e de outros três livros. Nasceu no centro de Curitiba, morou duas décadas em outros estados e hoje vive no Juvevê.

Ana Johann é autora de História para matar a mulher a boa, semifinalista do prêmio de Literatura Oceanos e de sete filmes que roteirizou e dirigiu incluindo A mesma parte de um homem. Nasceu em Cruz Machado, no interior do Paraná e desde 1998 vive em Curitiba.

Bruno Cobalchini Mattos, tradutor e escritor, autor de Pequeno Dicionário de Etimologia Alternativa, nasceu e cresceu em Porto Alegre, mas escolheu morar no Centro Cívico. Gosta de Curitiba e não tem nada contra curitibanos, tem até filho que é.

Cristovão Tezza, curitibano nascido em Lages, é autor de A tirania do amor, Beatriz e o poeta, Trapo, O filho eterno, A suavidade do vento e mais 23 livros entre romances, contos, crônicas e ensaios. De prêmios, já ganhou três Jabutis, São Paulo de Literatura, Biblioteca Nacional, Oceanos, Machado de Assis (ABL), APCA, entre outros, e tem obras traduzidas em 17 países.

Dalton Trevisan Dalton Trevisan viveu, observou e traduziu Curitiba como poucos. Autor de mais de 50 livros e ganhador dos prêmios mais relevantes da língua portuguesa como o

Camões e o Jabuti, é um dos escritores mais celebrados e importantes da literatura atual. Faleceu, em seu apartamento, no dia 9/12/24, aos 99 anos.

Daniélle Carazzai é curitibana, jornalista, escritora e artista visual. Passou a maior parte da vida entre o Jardim Schaffer e as Mercês. Hoje vive na área rural de Campo Largo. Autora do livro "Aqui tudo é pouco", pela Arte&Letra.

Fernanda Ávila é jornalista com especialização em Leitura de Múltiplas Linguagens. Já editou mais de 20 livros pela Pulp Edições e é sócia da Amora, clube de assinatura de livros escritos por autoras contemporâneas. Nasceu em Porto Alegre, morou quase a vida toda em Curitiba e agora vive em Lisboa, perto da praia.

Flor Reis é assessora jurídica por profissão, escritora por necessidade, cantora por insistência e podcaster por incapacidade de ficar calada. Nascida em Minas Gerais, vive em Curitiba desde 2005, e mora desde então na região no Juvevê.

Giovana Madalosso nasceu e cresceu em Curitiba. É autora do livro de contos A teta racional, de Tudo pode ser roubado, eleito melhor romance pelo Prêmio Manuel de Boaventura (Portugal), de Suíte Tóquio e de Batida só. Também é autora do infantil Altos e Baixos e colunista da Folha de São Paulo. Curitiba inspirou e segue inspirando suas crônicas, poemas e ficções.

Os escritores

João Klimeck é estudante de Cinema e Audiovisual e escritor nas horas vagas. Nascido na ilha da magia, veio parar no centro de Curitiba há três anos, onde mora e adora bater perna.

Julia Raiz é trabalhadora da escrita, tradutora e agitadora cultural. É coordenadora do PMLLLB (Plano Municipal do Livro, Leitura, Literatura e Bibliotecas) de Curitiba, onde mora há onze anos. Foi aqui que sua filha Agnes nasceu.

Laís Graf nasceu em Curitiba, em 1992. É formada em jornalismo pela UFPR, com pós-graduação em Escrita Criativa pela Unifor. Seu primeiro livro, O Talento do Guará, foi publicado pelo Leiturinha, maior clube de assinatura de livros infantis do país.

Luiz Andrioli é escritor, jornalista e empresário. Sócio do Grupo Prosa Nova Tem seis livros publicados, entre eles Notícia de um Naufrágio e Crônicas do varal da casa ao lado. Pós-graduado em Gestão Empresarial e em Cinema e mestre em Letras. Mora no Hauer, em Curitiba.

Luiz Felipe Leprevost é bacharel em artes cênicas pela CAL (Casa de Artes de Laranjeiras). Diretor da Biblioteca Pública do Paraná, membro da Academia Paranaense de Letras e escreve semanalmente para os jornais Diário Indústria e Comércio e Plural. Publicou romance, conto, poesia e dramaturgia. Destaque para os livros Dias Nublados e Tudo urge no meu estar tranquilo (Arte & Letra).

Manita Menezes é professora e pesquisadora. Circulou por vários CEPs, sempre em Curitiba. Mora há 17 anos na cúspide do Juvevê com o Ahú, mas ama mesmo o Centro. Desde que somou sessões de psicanálise e leituras de mapa astral a seus estudos em sociologia, não consegue parar de observar comportamentos humanos - e desumanos - ao redor.

Marcos Piangers é escritor e palestrante, autor de diversos livros entre eles o best seller O papai é pop. Manezinho de nascença, escolheu Curitiba para viver, de casa contempla diariamente seu museu predileto, o MON.

Natasha Tinet é escritora e ilustradora. Lançou três livros de poesia e tem contos premiados e publicados em sites e jornais literários. Nasceu no agreste de Alagoas e se mudou para o Paraná em 2014. Mora na rua Alfredo Bufren e anda diariamente pelas ruas do centrão de Curitiba.

Pedro Guerra é cearense da gema e atualmente divide sua vida entre São Paulo e Curitiba. Quando na capital paranaense, mora no Batel. É publicitário, escritor e gosta de cozinhar para os seus. Seu último romance é " O Maior Ser Humano Vivo", lançado pela Record.

Pedro Jucá é escritor, pós-graduado em Escrita Criativa e autor dos livros Coisa Amor (contos) e Amanhã Tardará (romance). Nasceu em Fortaleza, mas ama de paixão passar frio em Curitiba com seus três gatos, Willow, Hopper e Nimbus.

Os escritores

Rai Gradowski é escritora e advogada. Especialista em Escrita Criativa pela PUCRS. Tem contos espalhados por antologias e assina uma coluna de crônicas no Curitiba Cult. É curitibana e sempre morou no Campo Comprido.

Thiago Tizzot é autor dos livros Esqueletos que Dançam, A Sombra da Torre entre outros. Nasceu e vive em Curitiba e além de autor é também editor, livreiro e fazedor de livros.

Vicente Frare nasceu na Brigadeiro, cresceu na Itupava e na Visconde, mas sente-se em casa no Bigorrilho (quando está em Curitiba). Editou guias de viagem, distribuiu livros, caçou tendências e sempre gostou de escrever. É apaixonado pelas araucárias.

Wal Dal Molin é escritora, advogada colaborativa e uma curitibana de coração, que sempre reclama do frio. Namora o Passeio Público desde os sete anos, mas ele não sabe. Mora numa esquina de bairros apelidada (só por ela) de Juvevú, a poucos passos do melhor pastel da cidade.

Os fotógrafos

Guilherme Pupo é curitibano, jornalista, fotógrafo e piloto de drone. Tem trabalhos publicados nos maiores veículos de comunicação do país. Seu recente trabalho com fotos aéreas foi reconhecido e premiado em concursos internacionais como o Lens Culture Street Awards e Drone Awards. Atualmente desenvolve com o uso de drone o projeto Curitiba Aérea, revelando a arquitetura e o urbanismo da cidade a partir de ângulos inusitados. Fotos páginas 04, 102, 108, 116, 124, 132, 140.

Milla Jung é fotógrafa, artista e pesquisadora em Artes Visuais, com doutorado em Poéticas Visuais (ECA-USP). Atualmente investiga questões sobre imagem e esfera pública a partir da relação entre práticas artísticas e espaços sociais. Tem obras nos acervos do MON, MAC, Museu da fotografia e MUPA, no Paraná, na Coleção Fnac de fotografia, na Fundação Catarinense e no Museu de Odense, Dinamarca. Fotos páginas 62, 66, 74, 82, 92.

Nilo Biazzetto Neto iniciou na fotografia em 1994 e atuou por 20 anos na publicidade. Em 1998 fundou a Portfolio, hoje um centro de fotografia e gastronomia. Fotógrafo, editor e curador, tem 4 livros publicados: Primárias 2016, Cáustico 2020, Rua 2021 e Cafeína 2023. Fotos páginas 10, 16, 22, 32, 42, 52.

Nuno Papp é fotógrafo publicitário desde 1998, com clientes em todo Brasil e Londres. Seus trabalhos já ganharam prêmios no Festival de Cannes e NY. Participou do Fotofest em Houston, e expôs seus trabalhos no MOMA Tbilisi. Tem um livro publicado "The Food Project" em 2023. Fotos páginas 148, 160, 168, 174, 184, 198.

Patrícia Papp é diretora de arte e escritora. Depois de trabalhar em agências de publicidade, fundou a Pulp onde criou projetos de conteúdo, revista, eventos e livros. É sócia da Amora Livros.